時黑漩渦

THE CLOCK

01 時計的失控

遊戲

死亡解說

GAME START

PLAYER ONE：阿藍

我叫阿藍，今年十歲。

相信同年齡的小孩都喜歡玩各式各樣的遊戲。

但是，我卻被捲進一個，玩輸了會死的遊戲……

「阿藍，醒醒吧，阿藍。」

我被聲音喚醒，掙開眼睛，身體被浸在水裡，冷水使我渾身顫抖，在身旁叫醒我的是姐姐，她一副心神未定的樣子，看我平安醒來鬆了一口氣。我站起來環視四周，發現我跟姐姐都被困在一個奇怪的密室裡。要貼切形容這個密室，可以比喻成一個巨型的魚缸，四面牆都是由厚實的玻璃造成，就連底部和頂部都是可透視外面的玻璃。頂部剛好是我伸手可觸摸到的高度，整個密室看起來呈長方形，前方的盡頭大約十米，左右兩邊大約五米。放眼望出玻璃外，外面是一個更大的密室，天花板很高，是類似貨倉一樣的地方，我身處的「魚缸」大概位於這個貨倉的正中央，四個方的角落有射燈照向我們，使我們勉強看清周圍環境。

密室內的水剛好上升至胸口，大概是姊姊一直扶著我才不至於被水浸到，姊姊名叫紫雯，跟我一樣都是以顏色作名字，她比我大兩年，由於父母每日都需要長時期外出工作，所以長時間都由姊姊照顧我。她在父母眼中是個完全不需要擔心的好孩子，聰穎乖巧，校內成績非常好，還是女童軍領袖，跟我剛好相反，事事都要父母費心，所以由她來照顧我就最好不過了。

「咳咳咳，救命！有人知道發生什麼事嗎？」突然有一道身影從水裡蹦出來，是個穿著西裝的男人，他咳嗽不停，口齒含混不清，看來他是在水裡感到窒息才醒過來的。我沒意識到密室裡原來有其他人在而慌了一下。

「姊……」我很害怕，所以拉著姊姊躲在角落。

「不用怕，房間裡的人都跟我們情況一樣，被人拐進來的。」姊姊摸摸我的頭。

我依偎在姊姊懷裡，冷靜下來確認四周，密室裡包括我跟姊姊總共有七個人。他們看似互不認識，各自在水裡摸索四周，尋求可以逃出去的缺口，臉上露出迷惑與不解的神情。除了我跟姊姊，其餘的都是成年人，三個男性兩個女性，為何兇手要抓我跟姊姊這樣的小孩子呢？

「大家都醒來了嗎？好好好！各位早安！對！對了，我叫……唔…… 啊…… 叫什麼好呢？大家姑且就叫我做 Mr.GM 好了，畢竟我也是遊戲的管理者嘛，哈哈。」突然，一把高亢的聲音從前方傳來，魚缸內的所有人都停住了動作望向前方。我隱約看見前方的地上放著一部擴音器。

「現在是早上七時四十分，天氣晴朗陽光普照，可惜的是，你們當中只有一個人能享受這樣美好的早晨。」

「你是誰？究竟抓我們來幹嗎？要錢嗎？我根本沒有錢可以給你啊！」一個身穿背心的中年大叔氣忿地跟錄音機對罵，而他身旁站著一個年約二十多歲的大哥哥，他身材魁梧，正摸著下巴思忖著什麼。

「相信大家已經很不耐煩了……」自稱 Mr.GM 的神秘人沒有對大叔的怒罵起反應。

「滴答、滴答……遊戲開始！」擴音器莫名其妙地傳出鐘錶跳動的聲響。

貨倉的燈突然關了，四周圍都漆黑一片伸手不見五指，大家茫然發出驚呼，姊姊把我摟得更實，我把頭栽進姊姊懷裡，我心裡祈求著這只是一場惡夢，請讓我盡快醒過來。由於我個子最小，所以我是第一個察覺到，水位正不斷上升，我需要踮著腳尖才勉強站得著腳。

我不懂得游泳，所以乾脆跳起來，雙手撓住姊姊的脖頸，此時我察覺到左腳的腳踝被東西纏住了，於是潛進水裡伸手在水底下摸索，發現腳踝被粗麻繩綑綁住，繩一直伸延到魚缸最後方的底部。只要稍微用力拉扯，麻繩便會相繼延長，剛才我看見其他人也能夠隨意在魚缸裡走動，相信麻繩並不限制行動，相信只用作阻止我們逃離魚缸而已。我湊向姊姊耳邊跟她說水位上升跟麻繩的事。姊姊聽見後低頭一看，的確水位已經上升到她下巴的位置了，她單腳站著伸手向下觸摸，看她的表情就知道她也一樣被

麻繩捆住了，我們都驚惶失慌，難道那個自稱 Mr.GM 的人要將我們活活溺死在魚缸裡？

「抱歉各位，我忘了跟大家說遊戲規則了，哈哈。為了增加遊戲的趣味性，我只會在遊戲進行期間才陸續將規則公開。也許大家仍未察覺到，水位正不斷上升，大約再過五分鐘，水位就會完全浸滿整個缸囉，如果大家不想變成死魚的話，就拚命向前跑吧，這就是逃生的唯一方法。記得到達終點時大喊自己的名次，包尾的人可要受罰哦！」

「我先此聲明喔，雖然五分鐘內游向只有十米的終點看似很充裕，但是當遊戲正～式～進行時，大家就會明白時間的重要性了！」

Mr.GM 說畢，魚缸裡頓時響起猛力拍動水花的聲響，看來大家都卯足勁往前游，姊姊扭動身子背著我，摸著魚缸其中一邊玻璃緩慢地向前進，她雖然比我高，但也只能勉強踮著腳尖走路，所以速度比所有人慢上很多，我感覺到水位不斷上升，姊姊漸漸只能用鼻子呼吸，我在她背聽見她的喘氣聲，姊姊很有可能因為我的拖累而死，但心裡的恐懼更勝於愧疚，我還是緊緊地摟在她的背後。還沒走到一半，水位已經完全蓋過姊姊的頭了，她只能憋著氣繼續往前走，照狀況根本撐不過終點，但她的雙手牢牢撓住我的大腿，沒有丟下我自己一個人逃生的意思。

「一！」「一！」幾乎在同一時間，有兩把聲音在大喊自己的名次。

「呼，得救了。」

「叮叮叮，可惜，你們犯規了。」

「什、什麼？」在水裡仍能聽出那聲音是多麼絕望。

「這是遊戲的規則，除了鬥快到達終點，還不可以同一時間有兩個人到達，所以你們要受罰。」我終於明白 Mr.GM 把燈關掉的主要原因了。

「不！剛才你根本沒有說明！」我認出聲音是穿背心的中年大叔，他從頭到尾都一直跟擴音器對罵。

「至於受罰的內容，很抱歉，就是死，嘻嘻。」

「不、不要啊！給我一次機會！不……」此時傳出刺耳的女人尖叫聲。相信她就是跟大叔一起浮上水面的人吧。

尖叫聲沒有持續很久，一瞬間魚缸再次回復平靜……

與此同時，我聽見水裡不斷傳出咕嚕咕嚕的溺水聲……

我的肺部像被壓平了一樣，想不到死亡是如此痛苦的事……

「第一回合，遊戲結束！」就在我失去意識的前一刻，水位下降了，姊姊的頭浮上水面猛烈地咳嗽。

「阿藍，沒事了、沒事了。」姊姊也趕緊將我拽出水面，我睜大雙眼，才發現貨倉的燈亮起來了。

「請大家緊記，要遵守遊戲規則喔。好了，請回到起點吧。」Mr.GM 的聲線裝作惋惜地說。

沒人敢出言反駁，默默地返回到魚缸的起點，我抬頭一看，發現姊姊跟我站在魚缸中間的位置，其他人都在我們的前面，如果剛才不是有人犯規的話，我倆就會是遊戲的輸家了。我感覺到周圍都彌漫著冰冷的氣氛，當我們回到起點時，低頭一望才知道所謂的「懲罰」是什麼一回事。

兩名被 Mr.GM 判定犯規的人，兩人腳踝的麻繩被拉扯拽回起點，在魚缸底活活溺斃。

「相信透過剛才的一個回合，大家都清楚遊戲的玩法了。最後一個到達終點、同時間到達終點，也需要受罰喔。」

「嘻嘻，好了，第二回合正式開始！來來來，努力游過來爸爸這裡吧！」Mr.GM 顯得急不及待。

咔嚓一聲，眼前再次漆黑一片，水位也逐漸上升，姊姊拉動我的手，示意叫我跳上她的背上。我甩開了她，說：「我自己撐著池邊游過去就可以了，姊姊背著我一定會輸。」姊姊躊躇了一會，

還是堅持牽著我的手，一起靠在旁邊往前走。在黑暗的情況下，體內的恐懼無限制地擴大，剛才在水底下活活被浸死的屍體，它們絕望扭曲的表情不斷在黑暗中浮現，隨著水位不斷上升，水湧進口裡跟鼻腔裡，我禁不住想自己現在就跟兩具屍體泡在同一個水池裡，隨著遊戲的進行，水裡將會有更多更多的屍體出現，可能是我，可能是姊姊，也可能是其他人……

胃部劇烈翻滾，嘔吐感卡在喉結裡，只要想到隨時都有可能會被活活浸死，而且一同遊戲的對手全部都是成年人，我再次回想起他們剛才望向我跟姊姊的眼神，就像在說「幸好對手只是小孩子」、「得救了，有兩個小孩子」、「他們會最先死吧」，就在這個時候，有人突然在輕聲說道。

「噓噓，大家先冷靜一下，我們不一定要遵循那個變態的指令行事，這樣下去我們只會一個一個死掉。」聲線故意壓低，僅讓缸裡的所有人聽得見。

「你看不見池底的屍體嗎？你要我們怎麼辦啊？」在黑暗中我不能分辨聲音的主人，可是我還是細心聽著。

「對，我們為什麼要聽你的。你一定是… 想趁機游到終點吧？！」這次發聲的是女性。

「小聲點啊！別胡鬧了！這裡還有兩個小孩啊！難道你們狠心想他們被殺死嗎？」我聽見後心裡一懍，姊姊的手也抖了一下。

「那、那麼……我們該怎麼辦啊？」女人將說話音量收細。

「大家冷靜想一想吧！周圍的環境，現在的狀況，跟電影裡的變態殺人橋段很相似吧？這類型的兇手，大多只會在遠處監視，用以滿足自己的殺人慾望，但絕不會在兇案現場，因為他們害怕被受害者反撲，你看擴音器就是證明了……」聲音停頓了一下，待沒人反駁後再繼續說話。

「大家都被兇手困在『只有要在遊戲中取勝』的框框內，一定有其他逃出去的方法！大家幫手想一想吧！另外，為了方便交談，我叫 Johnny。」

「我叫浩文，是剛剛取得第一名的人，前面有一個缺口讓到達終點的人浮上水面呼吸，但缺口很窄，根本不可能爬出去。」浩文的聲音聽起來較年輕。

「沒錯，這就是方法了。另外，我發現這個遊戲上有一個很嚴重的盲點！」Johnny 繼續說道。

「快點說嘛，水快浸滿魚缸了！」女人抱怨。

「兇手為何要我們大喊名次呢？原因只有一個，就是連兇手自己都看不見我們的遊戲狀況！」Johnny 說。

「什麼？！」女人似乎並不打算報上姓名。

「雖然他在遠處監視，但燈光關上之後，兇手在鏡頭下根本就看不見我們，所以只能靠聲音識別了。我們就靠這一點來突破兇手的這個遊戲，如果順利的話，大家都可以逃出去。」

「……」可以逃出去？我跟姊姊都屏住了呼吸。

「從各方面來看，兇手絕對是個冒失的傢伙，沒有預先想好自己的名字、忘了說明遊戲規則、遊戲的盲點，還有……他抓我們時忘了拿走我們身上的物品，鎖匙還在我的褲袋裡，除了鎖匙，還扣住了有一把萬用刀，花點時間的話，就可以將綁住腳踝上的麻繩割斷。」

「割斷繩子有什麼用？我們根本無法逃出去啊！」女人聲音聽起來氣急敗壞。

「不！終點的缺口應該可以讓小孩子逃出去，這樣的話就可以幫我們向外面求救了。」浩文說。

「等他們出外找救兵？我們都被浸死了！」女人問。

「不！這也是兇手的遊戲失敗的地方，他並沒有限制我們遊戲時間，只要我們所有人游到終點但不喊名次的話，遊戲便不會完結了！也不會有『最後一名』的人出現。」Johnny 說。

「噴！萬一他們逃跑了怎麼辦？我們一直在這裡等死嗎？」女人對這個計劃嗤之以鼻。

「你這女人就不能相信別人嗎⋯⋯？」Johnny 問道。

「沒關係，計劃仍可實行，小孩子，你們在哪？」浩文輕聲問。

「我⋯ 我們在這裡。」姊姊說。

「很好，妳叫什麼名字？」浩文的聲音很溫柔，有種令人放下戒心的魔力。

「我叫紫雯，弟弟叫阿藍 ...」

「你們竟將性命交給這兩個小鬼，真是可笑到極！」女人感到不滿。

「來！抓住我，我帶你們到終點。」

浩文朝著我們的方向走來，這時水已經完全蓋頂了，我從黑暗中抓住浩文的手臂，身體感覺到被強大的力量往前拉動，從他結實粗壯的手臂看來，浩文就是身材魁梧的大哥哥了。不消一會，我跟姊姊便到達終點的缺口了，我馬上浮上水面大口大口地呼吸，姊姊也在微微囁喘著。

「一！」突然身邊有人叫喊，我聽出聲音是抱怨多多的女人。

「呵呵～很好很好，大家也加油吧。」擴音器發出令人不禁皺眉的笑聲。

「妳瘋了嗎？！」浩文怒斥。

「我早就說過不相信這兩個小鬼了。」

「算了，我先將你們的繩子割斷吧。」Johnny 說。

「我… 我留在這裡吧，把我弟弟的割斷就可以了，這樣大家就不用怕我們會逃跑吧。」姊姊竟然說出這種話。

「不用理會她，妳們兩個一起逃到外面吧。」

「我留在這裡就可以了，我相信我的弟弟不會因此而逃跑的……」姊姊堅持。

「好、好吧……」噗通一聲，Johnny 說畢潛進水裡，我感覺到腳踝的麻繩不斷被刮動。我肩膀頹軟下來，惡夢終於可以完結了，我已經受夠了泡浸在這個充滿恐懼的魚缸裡，接下來就要想辦法通知外面的人，救出姊姊以及所有人。但是現實總是事與願違，正當我以為可以鬆一口氣……

「這位先生！犯規是會被罰喔～」貨倉的燈赫然亮起，所有人都瞇起了眼睛，我一直站在魚缸終點的邊緣位置，低頭一看……

Mr.GM 蹲在魚缸外的地上，歪頭凝視著在水底替我割繩子的 Johnny……

身旁的水面突然冒出很多水泡，Johnny 知道事情敗露，一下驚魂未定浮上水面囁喘著，我相信不止是他，連大家也意想不到 Mr.GM 會現身。由於他蹲了下來，我在他上方，視線只能看見他戴著一頂看起來會變出兔子或是白鴿的高帽，黑色的西裝褲，背後還露出對稱的燕尾，以及沒有刮痕的簇新黑色皮鞋，是一整套任何隆重場合都覺得過於搶眼的燕尾服。

　　而最令我感到咋舌的是當他抬起頭望向原本負責逃跑的我時，我看見他戴著一個特製的頭套，不！貼切點形容的話，是一個古舊式的大鐘，Mr.GM 頸部以上的位置，是一個像人頭般大的鐘。

　　但現在的重點是，他會怎樣「懲罰」我們呢？

　　「唉唉唉，我苦心為大家準備遊戲，你們竟然只想著逃走！漠視我這個遊戲設計者的感受！」Mr.GM 怒得全身抖震，雙手猛力拍打魚缸。

　　「你要接受大！懲！罰！」Mr.GM 手指著 Johnny，Johnny 慌忙地抓緊魚缸缺口的邊緣。

　　「嘻嘻，放心吧，現在沒有人會扯動你的麻繩了，因為這個工作也是由我在背後一手包辦的。」Mr.GM 為捉弄到 Johnny 而感到滿足。大家一直只關心向著終點進發，才沒注意到 Mr.GM 竟站在魚缸後面操作繩索，前面的擴音器只是分散注意力的工具。

「取而代之，你只能直接死掉囉。」Mr.GM 手裡不知何時多了一把手槍。

「砰！」

手槍就像在我的耳邊發射，槍聲幾乎震破耳膜，當我拾回僅有的意識望向旁邊的 Johnny，他眉心上多了一個洞，血花四濺，Johnny 由於沒意識到 Mr.GM 會拿出手槍，到死的一刻還是牢牢地抓住池邊，頭上的洞繼續大肆地將魚缸的水染紅。我的腦內一遍空白，雙眼失去焦點… 魚缸裡又再多了一具屍體，遊戲只進行了兩個回合，但遊戲仍會繼續下去，死的人將會愈來愈多，要怎樣才能活過來呢？

「砰！砰！砰！砰！砰！」將思緒打斷的是絡繹不斷的槍聲……

「別死抓著終點不放啊！你這樣會阻住別人進行遊戲的！」Mr.GM 朝著 Johnny 開槍，一邊以狼狽的姿勢閃避飛噴出來的血和水花，以免沾濕一身華麗的燕尾服，子彈射光了就慢條斯理補上子彈，因為他知道沒人再敢逃跑了。

由於水位已經回復到正常水平，每個人都飛快地回到起點，在 Johnny 懲罰結束之前，大家都一言不發地呆站著，姊姊將我摟進懷裡，用力摀住我的耳朵，直至槍聲停下來。

「呼、呼、呼⋯⋯真是的,水池都被你弄髒了!但不要緊啊各位!我絕對關心各玩家的情況,為了不影響大家的表現,我待會把燈關上就看不見了,哈哈。」Mr.GM 頭也不回地離開貨倉,我再次偷偷注視著他,頭上的大鐘在背後看來也沒有一般頭套的縫合位,他到底是什麼人?又或者說⋯⋯他是人類嗎?

現場只剩下四名參賽者。

「嗚、嗚嗚⋯⋯有方法逃走嗎?有吧?什麼都好⋯⋯我⋯⋯不想⋯⋯再玩下去了⋯⋯」槍聲停了,我才聽見女人一直在哽咽。

「沒有了,如剛才所見,他並不是像電影般設計慎密的遊戲設計者,只是變態的殺人狂。這種人就算錯漏百出,也會用他的瘋狂來填補漏洞。」浩文跟女人說畢,轉過頭望向我們,以婉惜的語氣繼續說。

「抱歉,我是真心想救你們逃出去的,因為我擁有家庭,你們讓我想起我的女兒。但亦因為如此,現在已經沒辦法了,我要贏得遊戲,然後逃出去,我的女兒需要我⋯⋯」浩文只說到一半,就禁不住將視線移開,只緊盯著水面。

「咳咳,好了!遊戲繼續!」此時,Mr.GM 清一清喉嚨,宣佈遊戲繼續。

水面再次泛起暗湧,水位逐漸上升,我跟姊姊以一前一後的

方式往前走，浩文也像剛才一樣潛進水裡開始游到終點，女人也跟隨在後，我們想不出任何可以贏過兩個成年人的方法，在沒有勝利機會的情況下，我跟姊姊都被絕望纏住了脖頸，久久不能言語……

「哈哈，抱歉，我忘了關燈……」對於 Mr.GM 的冒失行為，我們已見怪不怪。

恐懼、瘋狂、人性、絕望……所有的負面情感都彷彿在黑暗之中實體化，阻礙著我們前進，我只是個普通的小學生，為何要讓我面對這種事？我不禁回想起日常的生活，學校裡因瑣碎事跟同學打架、罰站時在老師教員室內的氣味、添麻煩後母親緊鎖的眉頭、房間裡書桌上的模型和漫畫……

我曾經不止一次想過，如果自己根本不存在這個世界上，就輕鬆多了，父母也會開心得多吧。我頓時間有所覺悟，跟我相比起來，姊姊一直都是父母最疼錫的孩子，失去她的話父母一定會很傷心。所以，失去我一個不成才的兒子就夠了，他們也許還會為姊姊得救而鬆一口氣。

在黑暗的環境下，只要我離開池邊的話，她就找不著我了，到燈光再次亮起，我早已經變成一具屍體，希望在水裡溺死不會跟想像中那麼痛苦就好了。下定了決心，我先掙脫開姊姊的手，然後用力推開她。可是我還沒離開池邊，又被姊姊抓住了，不愧是我的姊姊，我在想什麼她都知道了，她還用力敲了一下我的頭殼。

「我不准你放棄！」

「可是……」

「夠了！你房間裡有很多心愛的玩具、漫畫……但我心裡最重要的就只有一個弟弟！」

「……」

話是這麼說，但我們兩個的速度合起來也勝不過成年人是不爭的事實。就在這時，足以局勢扭轉的奇蹟出現了。起初我聽見了有人從水裡蹦出來的聲音，接著很快就有第二個人冒上水面，我還以為有人已經到達終點了，但原來並非如此。

「喂！妳這女人想幹嗎？」浩文似乎很吃驚。

「我不想輸、我不想輸、我不想輸……」女人在喃喃自語。

「妳瘋了，喂！停手！」我雖然看不見狀況，但聽見有人拍打水面，還在水裡發出咕嚕咕嚕的聲音，猜想是女人因自知不能戰勝浩文，所以想狠下毒手殺了他。

「殺了你！殺了你我就贏定了！」女人在歇斯底里地嘶叫。

「放開我！咳咳……」浩文。

　　姊姊一言不發牽著我繼續往前走，我們開始越過在水裡互相殘殺的兩人，身體感受到水流裡激烈的波濤，我在黑暗裡幻想到他們兩人為了生存而殺死對方的畫面，沒有雙贏，也沒有逃跑的打算，在恐懼超過人類可以接受的範圍後，便淹沒了人性，殺死一個素未謀面的人竟變得理所當然，不止是那個女人，就連浩文也是⋯⋯

　　「咳咳⋯⋯」猛烈衝突與掙扎聲過後，忽爾一下子平靜下來，只聽到氣泡冒出水面的聲音，還有沉重的喘氣聲。

　　「喔喔喔，請報上你的名次。」

　　「一！」

　　「二！」

　　我跟姊姊默契地一先一後說出名次，想不到我們竟然搶先到達終點，我用雙手撐著池邊，將雙腳縮起來，仰著頭呼吸著。因為我不希望觸碰到被 Mr.GM 轟破頭顱的 Johnny 的屍體，它很有可能就在我的腳下。姊姊站在我的旁邊，她也意識到這一點所以摀住我的雙眼。因為回合結束後燈就會亮起來了，姊姊的手劇烈地顫抖，我知道她只是一直逞強地保護我。

　　「三！」喊出第三名的是浩文。

「呵呵呵，真是人性大滅絕啊，我都看得手心冒汗了哦～」Mr.GM 將燈亮著。

「她……怎麼了？」姊姊突然開口問。

「她在水裡一直勒住我的頸，我… 我一時情急，將她踢昏了……」

「我早就說過，我有活著的理由……」浩文多補一句，便回頭走向起點。

毋須多言，在生存面前，根本沒有商討的餘地。

有誰能不為自己的性命作最優先考慮？就算再說什麼，都只是假惺惺的虛偽。

姊姊一直停留在終點，我從指縫間看見她的眼淚不斷從眼眶中湧出，淚水裡充滿了悲痛與別離的情感。Mr.GM 只利用了一個簡單的遊戲，就令我深深體會到踐踏與被踐踏、出賣與被出賣、搶奪與被搶奪，世界原來就是由這種東西構成，我一直都被它和諧的外表欺騙了。胃部下方感到一陣溫熱，我莫名地感到憤怒，這個世界竟然欺騙了我，唯一報復的方法就是離開它，現在遊戲只剩下三個人，是無法逃避的局面，我早就決定讓姊姊繼續生存下去，正當我想開口跟姊姊道別之際……

「阿藍，接下來我們各自游向終點吧。」姊姊把捂住我眼睛的手放開，她注視著我。說畢，她便獨自潛到水裡，游回起點去。

我有種不祥的預感，這是我跟姊姊的最後一面了⋯⋯

花了不少時間，我獨自回到起點後，燈光立刻關上，第四個回合的遊戲正式開始。我不懂游泳，只能摸住旁邊冰冷的玻璃慢慢前進，但我的雙腳已失去前進的動力了，不難猜想自己就是最後一個到達終點的人，動與不動，分別只是在比賽途中溺死還是跑到一半被麻繩扯回起點溺死而已，魚缸裡滿是屍體，自己也很快將變成其中一具，我又頓時想起，溺死時非常痛苦，死狀一定很恐怖，我不想讓姊姊看見這樣的我，於是我用雙手抱住膝蓋，緊閉著眼睛，像蟲一樣蜷縮著身體，我打算以這種姿態死去。

「阿藍！阿藍！」在水裡，我隱約聽見姊姊在叫喚我，於是我趕緊浮上水面。

「姊姊？！」

「咳咳咳，遊戲可以結束了。」

「吓？」我完全搞不清狀況，周圍的燈光亦沒有亮起來，表示遊戲仍在進行。

「難道你沒察覺到嗎？這個遊戲，最終只有一個人能存活啊⋯⋯」

「姊姊，妳到底想說什麼？」我向著聲音的方向大喊。

「你一定偷偷躲在一角打算故意輸掉這個回合吧。但我告訴你喔，到下一個回合姊姊還是贏不了那個大哥哥。」

「我已經想到勝利的方法了。」姊姊的語調變得平和冷靜。

「妳、妳這小鬼！竟然將我跟妳的繩子綁起來了？！」此時浩文突然大喊，我才明白姊姊剛才為何要跟我分別，這就是她所說的「方法」……

「姊姊，妳……」

「大哥哥，不只得你有活著的理由，我弟弟也有。這是童軍才會的接繩結，普通人是解不開的，別打算將繩索破壞啊，這是犯規的行為！剛才那女人跟你在水底裡搏鬥，竟沒被 Mr.GM 判定為犯規，我才想到這個方法。」

「不行！不應該是姊姊的，姊姊的成績比我好，爸媽也疼錫姊姊，活下來的人應該是妳！」

「傻瓜！成績這種東西只要花點時間就可以得到了，更何況你才是我最疼錫的人。」

「但……」

「別再說了，向前走吧……」

「不行，我辦不到啊……」我崩潰地哭了起來。

「阿藍，原諒我這麼自私，我無法承受失去你的痛苦生存下去，你就代替我努力活下去吧。忘了嗎？這只是**個遊戲罷了，阿藍你玩遊戲都很厲害啊**。」

「嗚，不要……」我已哭得不能夠正常說話了，姊姊說得沒錯，雖然我在學習方面每次都吊車尾，但只要是遊戲，我都總能很快地找到勝利的要訣，還有想出鬼點子來惹怒父母都是我的強項，可是這個是會死人的遊戲……

「好了，以後就靠阿藍來戰勝那個變態吧。」

「混帳！妳這可惡的小鬼！」浩文憤怒地衝向姊姊，為何我可以看見？因為……燈亮著了。

燈，亮著。

表示…… 遊戲結局已定？

「不、不要！我總是要姊姊照顧我遷就我，這一次就讓我補償吧。」我不斷地拭走阻擋視線的淚水，只想多看姊姊一眼。

「砰！」口裡一直說要先救出小孩的浩文，如今露出真面目，從背後一拳揍向姊姊的後腦。

「咳咳，我不是父母所想像般的乖孩子，我也沒有犧牲自己的勇氣，我很害怕，也很不甘心，這混帳遊戲，死變態……」姊姊搖搖晃晃，卻毫不理會背後的浩文，爭取最後的時間跟我對話。

「嗚……姊姊……」

「阿藍，答應我，好好活著，然後幫我報仇……」說畢，姊姊便完全消失在水裡。

水已完全蓋過頭頂，在水裡我再也聽不見姊姊的聲音，我瞥見浩文跟姊姊的麻繩纏得亂七八糟，就算要解開它也需要花上很長時間，姊姊也知道自己很害怕，會有想退縮的念頭，所以才會將麻繩綁成這個樣子吧。在水裡浩文已放棄跟姊姊糾纏下去，硬拽著姊姊在水底前進，以浩文壯碩的體魄可以辦得到，再加上水裡的重量會下降很多。

但是姊姊沒有像先前那女人一樣跟浩文糾纏，而是跑回起點處死拉著連接浩文腳踝的麻繩不放。同樣在水裡，就算是小孩子，要拉動繩子阻止成年人前進絕對也不是難事。

我沒有回頭，也沒有猶豫不決，靠著僅存的氣力游向終點，由於燈已被亮著，我能看見在水底一具又一具的屍體，我忍耐著

跨過他們的身軀，在被他們的血染紅的水裡游泳，一步一步地向終點邁進。本來需要多進行兩個回合的遊戲，也就表示我們兩姊弟都會輸。但最終如姊姊所料，就算有三名參賽者，只要犧牲其中一個，就能保住另一個人的性命，而姊姊選擇了犧牲自己，讓我繼續生存下去……

我冒上水面，Mr.GM 已不知何時站在魚缸的前面，雙手繞在背後，仰起頭望著我。

「一！」

「嗯……」Mr.GM 只是點點頭。

「快！趕快完結遊戲啊！我已經贏了！停下來！」現在結束的話，姊姊可能會有救，我心裡如此奢望著。

「No～No～No～難道老師沒教你嗎？當人淹沒在水裡，首先喉嚨和氣管會因為收縮而產生痙攣，繼而引起腦部缺氧，心肌失去功能，最後才會心跳停止而死喔，他們都還沒有死，請你耐心等待喔。」高大的 Mr.GM 喉頭間發出怪笑。

「……」連最後一絲希望也幻滅了。

時間過得很慢… 慢得幾乎停頓… 我聽著自己心跳聲，噗通… 噗通… 緊緊握著拳頭，咬緊牙關地等待。我知道姐姐就在我

背後不遠處，

　　我卻不敢回頭看，怕會看見姊姊在水裡的慘況，但背後不時傳來暗湧波濤，我知道姊姊仍在掙扎求存，她很痛苦… 她還活著… 我卻甚麼都幫不到她。

　　也怕忽然有人噗一聲冒出水面，如果是浩文的話，就表示姊姊的犧牲白費了！可是，就算冒出水面的是姊姊，那在下一個回合，就得親手殺死自己的姊姊嗎？我辦不到…… 這種事，一次就夠了，拜託，請快點完結！

　　遊戲快點結束，是我唯一的希望，我唯一能做的就是在心裡不斷斥罵自己「絕對不能哭，絕不可以在兇手面前露出懦弱的表情！」我應承過姊姊，要為她報仇！

　　我一直咬住下唇，不讓眼淚掉下來，紅紅的雙眼緊盯著 Mr.GM 不放。

　　「好！遊戲結束了，小朋友，你是勝利者，恭喜你。」終於，過了好久好久，Mr.GM 忽然敲敲我的頭顱說。

　　「……」終於按捺不住，崩潰地哭出來… 我已無力作出任何反駁，此時單是保持意識就花光所有氣力。

　　「嘩～這是你勝出的禮物。」Mr.GM 從褸袋裡掏出一張全黑

色的卡片交給我，我凝視著這張看似普通的卡片，但它的材質很奇怪，我確實自己正拿著它，但指尖完全沒有觸碰它的觸感，甚至分不清它是硬質的卡片還是軟性的紙張。大概是我的手長期被水泡浸著的緣故吧？！

　　還有一點，就是它的顏色很特別，驟眼看是黑色，但仔細凝望著它就發現它比起一般看過的黑色更加深沉，像黑洞一樣即使用燈光照射也無法將光線反射，更有種錯覺黑卡的中心在緩緩地像漩渦般轉動。

　　但我並不對此感到驚訝，從莫名其妙被逼參與遊戲開始，完全沒有被抓的記憶，一個不知名的倉庫，一個似乎視法律如無物，亂訂規則殺人的遊戲主持，精密的佈置，反正這些全都不合乎現實……

　　「接下來就讓我先講解卡片的用途吧，你可以在任何情況下使用它，包括在日後的遊戲途中使用它，這樣的話你便可以立即退出遊戲，返回你日常的生活，亦表示我跟你的永別。當然了，這是我不樂於看見的，畢竟中途退出是很沒有體育精神的事吧。」

　　「日後……？」我全身一震，雙眼圓睜。

　　「而我的個人建議是，將它保存起來，在往後的遊戲裡贏取更多黑卡。他朝一日當你知道它的真正用途後，你就會感激我今天的提議了。」在這個時間我終於能清楚地看見 Mr.GM 的全貌，它

安裝在頸上頭部大鐘，秒針跟分針都在正常跳動，表面也找不到有用作看東西和呼吸的暗孔。

「……」

「好了，你現在要使用它來退出遊戲嗎？」Mr.GM 湊前來，我甚至能聽見秒針跳動的滴答聲。

「……」我怒視著 Mr.GM，沒有選擇的必要。

「好孩子。」Mr.GM 說畢，滴答聲突然驟然變大，彷彿透過我的頭蓋骨直接在腦袋中迴盪一樣。我還未意識到事情的發生，眼皮便隨即塌下來，不消幾秒就失去意識了。

當我再次睜開雙眼，第一眼看見的是熟悉的天花板，嗅著房間裡熟悉的氣味，輕輕挪動身子，我正窩在被窩內，我撐起身子環視四周圍，房間裡一切依舊，難道一切都是夢嗎？

心裡燃起了一絲希望，或許姊姊會像平日一樣在廚房替我料理早餐？對！沒錯！這一定是夢……

「咔。」正當我翻開被單跳下床時，有東西掉在地上。

低頭一看，是一張黑色卡片，Mr.GM 給我，作為勝利者的獎品…… 我撫摸著腳踝上留下麻繩的勒痕。

痛，但不及心痛！

遊戲結束了，我活存下來。姊姊… 還留在魚缸內。

同樣的，我的人性也遺留在魚缸裡去了……

GAME
── 魚 缸 ──

RULE. 1   遊戲開始前，貨倉燈將全部關上，玩家要集合在起跑線上。

RULE. 2   水位開始上升直至淹沒，玩家要盡快往終點前進。

RULE. 3   到達終點後，大喊自己的名次。

RULE. 4   玩家不能同時間喊出相同的名次。

RULE. 5   最後一名玩家將會被判定為失敗。

　　溺水導致死亡的主要原因，是由於大量液體從五官灌入呼吸道及肺部，阻礙正常的呼吸運動，影響氣體交換而引致死亡。通常人體在溺水四至六分鐘後出現腦部缺氧，腦細胞開始受損，當腦部缺氧超過十分鐘，會導致腦部無法復原的後遺症及死亡。

　　而少數情況下，當溺水者因體溫與冷水的溫差過大或其他心理因素影響，有機會刺激上呼吸道產生大量黏膜引起呼吸道痙攣，導致反射性心跳停止而提早死亡。

　　雖然由溺水開始至昏迷只需短短的數分鐘時間，但因無法呼吸，腦袋發出各種警告訊號所帶來的痛苦，令溺水者每一秒鐘都痛苦難耐。因此，溺死的過程中經過極力掙扎，肌肉會因劇烈運動而抽搐，所以屍體被發現時，溺死者大多四肢會出現僵硬化，加上表情扭曲，將死前的痛苦完整地呈現在臉上。

若屍體一直浸泡在水中，水分會進入皮膚使四肢的角質層浸軟、
漂白、發脹，而胸腔和腹部亦因為內臟腐爛而鼓脹起來。

— PLAYER TWO：占士 —

我叫占士。

所有生物，都是被慾望包裹著的生命體。

生存，就為了滿足慾望。

可是，我認為人類作為擁有自主思維的生物，應該要跟慾望
戰鬥到底。

用意志去仰壓它，再用秩序和規則征服它。

這就是人類發明秩序的原因。

只有野獸才去想吃就吃，想睡就睡，看見異性就撲上去交配。

「占士，你想做野獸嗎？」

「不想……」

「那麼你就要聽話了，知道嗎？」

「知道。」

這是小時候爸爸常跟我說的話。所以，從小到大我一直都遵
循著父母的指令行事，同學們在午休時間拚命玩耍，我則把握時

間溫習功課，放學後便立刻趕去補習社。父親為了平衡我的健康生活，特別在假日聘請了私人營養師和健身教練，他們說相比起跟那些野孩子在足球場上胡亂走動，這樣做有成效得多。

所以就連假日我的行程都被塞得滿滿，漫畫書什麼的我一次都沒有看過。升上高中後，同學開始談戀愛，放學後相約去遊戲機中心、卡拉ＯＫ、偷偷在後樓梯抽煙在天台喝酒。看在眼底裡，我一點也不覺得羨慕，甚至認為這是在浪費時間，在人生的道路上就應該畢直地走，不應出現任何支線。

我的道路，父親早就幫我鋪設好了，我只需要努力依循著父親給我畫的線走就對了。

「占士，你聽著。你的人生從出生的那一刻就註定好了，現在就只欠你令自己跟這個人生更匹配。」能說出這種話，因為父親的另一個身分是複合式工業集團的總裁。

每天醒來，都是熟悉的天花板，家裡的傭人每次準時將早餐送上，他們知道那怕是遲了半分鐘，薪金待遇比外面好上幾倍的工作就會泡湯，所以我能預知他們敲房門的時間、敲門的力度、節奏。

放眼望向窗外的景色，是湛藍的天空，視野間全無阻擋物，因為我住的地方是大廈的頂層，這棟大廈也是全區最高的豪宅，天空看起來很近，雲彷彿伸手可及。在學校裡不論我如何仔細描繪，同學們甚至連老師也無法在腦海想像出這樣的景色，那時候我就知道他們過著跟我不一樣的人生。

　　所有事情都在父親的規劃中進行，我活下來就註定接受這種完美人生。

　　「叮噹叮噹叮噹。」

　　「懶寶寶，夠鐘起床了！現在是晚上九時正，月光被烏雲籠罩，是吸血鬼出沒的好時機喔。」

　　我睜開眼睛，從眼睛的乾澀程度，頭腦昏昏欲睡的情況看來，現在絕不是應該起床的時間。我坐起來掃視四周，周圍沒有燈光，大概知道現處於一個完全陌生的密室，是一個破殘不堪的貨倉，濕氣很重，整個空間都彌漫著鐵鏽味。

　　「讓我來講解一下遊戲規則。」在黑暗中一把陌生的聲音在迴響。

　　「遊戲？什麼遊戲？」「這裡是哪裡？」「救命！我沒錢！」貨倉裡不止一人陸續醒來，當中有男有女。

　　「咳咳，好了，大家冷靜，我先自我介紹，我是這個遊戲的主持人，大家可以稱呼我 Mr.GM。」我對「規則」、「主持」這些詞彙特別敏感，手臂背後都起雞皮疙瘩了。

　　大概是貨倉中沒有燈光照明的關係，Mr.GM 的聲音聽起來疑幻似虛，忽遠忽近，所以我不能靠著聲音猜忖那個自稱 Mr.GM 的位置。

「大家，有人在吧？我們先聚在一起會比較安全吧。」有人故裝冷靜提議，但實際上是個蠢到極點的主意，以現狀根本沒有摸清對方的底勢，若果對方是多於一人，又或者提出這個建議的人也是對方的詭計，那就更危險了。

縱使如此，我還是聽見有腳步聲開始向同一方向聚集起來。而我則坐在原地，盡量不發出任何聲響，將自己隱沒在黑暗之中。

「手牽手！別走散！」同一把聲音再次響起，這種人大多是從別人身上攝取安全感的懦弱鬼，屬於低等階層中的弱者。

「原來大家是怕黑喔，抱歉抱歉，我先開燈再說吧。」Mr.GM說畢，「咔嚓」一聲貨倉四邊角落的燈亮起。

沒料到Mr.GM竟主動暴露身分，我立即環視四周圍，不遠處有三個人瑟縮在一起，他們在面面雙覷，而另一邊則站著一個身穿黑色燕尾服的男人，他的身形高挑瘦長，脖子上是個古老式大鐘，好詭異。

「好了，大家請先靜一靜。今天邀請大家來，是想大家玩一個叫吸血鬼太陽躲貓貓的遊戲，而大家要扮演的，是夜間才會出沒的吸血鬼。」

「你到底在說什麼啊？是整人節目嗎？快放我走，我男朋友是律師！」那三人之中的唯一一個女人以高亢的聲線叫囂。

「我是個大鐘而已，我才不怕律師！嘿嘿嘿嘿！」Mr.GM 自顧自笑著。

「大家看到吧，這裡有一棵樹，它能為你們阻擋陽光。」Mr.GM 指向貨倉中央佇立著的一棵光禿禿，枝葉都已經枯萎掉的樹。

「而就在樹頂上的，就是今天遊戲的另一主角，太陽囉！它能發出高熱的強光，將吸血鬼活活燒死呢。」

我抬頭望上去，天花板懸掛著一盞巨型射燈。

「當遊戲開始時，太陽會從東邊升起，然後又往西邊落下，時間大約需要半小時。你們這班吸血鬼，便需要在大樹底下躲避陽光，一直待到晚上吸血鬼就算勝利囉。」

「勝利的意思是……？」其中一人發問，我認得這聲音是提議大家聚集的那個人，他是個戴著笨重眼鏡，穿著西裝身材矮小的中年男人。

「詳情等到大家贏了再算，遊戲的勝利者可以多於一人，大家要加油。」

「滴答、滴答……遊戲開始！」Mr.GM 說完了突然打開一把黑色雨傘。

異樣的危機感湧現，我見狀立即衝向樹下，頭頂上的射燈開始移動到樹的其中一邊，而我則背貼著樹幹走到另外一邊。

「嚓！」果然，射燈在毫無預警之下亮著了。

「啊啊啊啊啊啊啊啊啊！！」其餘三人還沒反應得及，加上又擠在一起，在強光的照射下被燒得嘩嘩大叫，幸虧他們的位置離樹的陰影很接近，待他們滾進陰影內皮膚只是輕微燙傷。

照剛才 Mr.GM 所說，現在射燈位於最東邊，而我們站在西邊的樹下，樹的影子被拉得長長的，有很充裕的躲避空間。

「嗚……喂！你在笑什麼？剛才為什麼不提醒我們……」戴眼鏡的男人臉部被燒傷，痛得臉容扭曲，他指著我大聲怒罵。

「笑？我在笑？」我遲疑了一下，再摸摸臉頰，才發現嘴角誇張地往上勾了。

「嘿嘿嘿，你叫什麼名字？你的表情很好，你從剛醒來就一直笑了。」Mr.GM 搖晃頸上的大鐘。

「我……叫占士。」我心存疑惑地答道。

笑？我怎麼沒發現自己在笑？我怎麼可能會在一個完全失去秩序的環境下笑得出來？事實上，自懂事起，只要我遵循父親的

說話，我就什麼都可以輕易得到。我已經早就忘記了發自內心的笑是什麼感覺了⋯⋯

「噴，難道你父親沒教曉你禮貌嗎？」眼鏡男一邊咒罵一邊站起來，其餘兩人是一名自稱男朋友是律師的女人，還有一個身形略胖的呆子。

父親⋯⋯對！

我慌張地左右張望，父親不在這裡，沒人對我下指令⋯⋯

我！可以為所欲為了！

「對不起，我太緊張就會這樣⋯⋯」

「這種場合失去冷靜，就死定了。」四眼男撐起身子，扶起旁邊的女人。

「現在我們怎麼辦？」女人可幸自己的臉孔沒有受到太大傷害。

「對！剛才 Mr.GM 說三十分鐘為一天，大約十五分鐘就會到中午了⋯⋯」胖子第一次開口，以他的身形站在窄小的陰影裡有點勉強。

「中午？」女人錯愕，甩開四眼男搭在膊頭的手。

「看，影子在縮小了。當到了中午，射燈會在我們的正上方，這棵沒有枝葉的樹就不能幫我們阻擋光線了。」四眼男托一托眼鏡遮醜。

「那怎麼辦……？啊啊啊！好熱！」胖子腰間的贅肉被燒到，痛得尖叫後撞向站在樹底的我。

所有人在這瞬間都屏住呼吸，因為經胖子一撞，佇立在倉庫的假樹在搖晃……

「呵呵呵，吸血鬼是反對砍伐樹木的環保份子喔。」Mr.GM在竊笑，我注意到他臉上的分針在遊戲開始時移動了七格，還有八分鐘就到中午了。

「我想到破解的方法了，先靠過來……」四眼男故裝神秘。

「什麼？！快說嘛。」女人抓住他的手臂，四眼男嘴角笑了一下。

「你們都沒注意到嗎？這個遊戲的最大特色，就是只要撐過第一天，活存下來的人就可以贏了。而勝負的關鍵就在於中午的時間能否活過來。而活過來的方法只有一個……」

「影子越來越窄了。」胖子不斷擠壓過來。

「所以說，這個遊戲的重點就在於犧牲！只要有一個人願意犧牲，當我們的遮蔽物，大家就能夠活下來了。」四眼男煞有介事地說。

「你們這些大男人不會要我這個女人犧牲吧？嗯？」女人聲音突然變得嬌小，還用胸部擠壓著四眼男的手臂。

「我、我、我……」胖子或許覺得龐大的身軀會成為犧牲的目標。

「放心吧，要遮擋頭頂上的陽光，高度比闊度更加重要。」四眼男用眼神指示著我，其他人也一同用奇怪的眼光看著我。

「小子！別怪我們，這是遊戲規則，看你的身形壯碩，也許能撐得過中午時間，我們就一同活過來吧。」四眼男用故作惋惜的口吻說。

「可、可是，他還算是個小孩吧……」胖子萌起愧疚心，卻沒有衝出來當擋箭牌的勇氣。

「那又怎樣？你不是想說什麼他是社會的未來主人翁，有無限可能性，性命就比我們更可貴這種歪理吧？」四眼男立即辯駁。

「……」所有人沉默，大家都想知道四眼男的見解。

「我家裡有妻子，還有一個剛剛升小學的女兒。如果他們失去我這個家庭支柱，她們的人生就玩完了，而且我還是公司的決策階層，很多員工都看著我辦，你們說啊？你們說啊！我的性命不是更重要嗎？」

「你說的好像很有道理……」

「我的男友很疼錫我的！他沒有我一定跑去自殺，社會就少一個大律師了。」女人舉手說出自己的見解。

「我、我……家人……死光光了……」胖子支吾。

「你的工作呢？」四眼男嘗試引導。

「便利店職員……」

「你、你沒有人生目標嗎？」

「結識女朋友，告別處男之身。」胖子低著頭說，女人聽見噗嗤一聲笑了出來。

「對！就是這個！你的人生根本還沒有開始！這樣就死掉太可惜了！」四眼男一說，胖子頓時抬起頭來。

「對啊對啊！我介紹我的姊妹給你認識吧！」女人附和著。

「我、我不想死！」胖子大叫。

可笑！什麼性命的價值？什麼告別處男？完全是強詞奪理，剛才的小圈子討論，只是用來消除大家心裡面的罪惡感吧？

他們三個人同時間望向我。這次跟之前不一樣，在他們瞳孔裡，沒有一絲愧疚。

「喂！你有聽見我們的說話嗎？」四眼男喝斥。

「好恐怖咧，他又往別處笑了。」女人皺眉。呃… 我又笑了？

「抱著他！移到外面！」四眼男下命令，胖子立即雙手環抱著我，試圖將我整個人抬起。

「……」我依舊一言不發，默默看著這場鬧劇。

父親常說外間世途險惡，原來是真的。以前我常感到不解，明明自己一個也能活得好好的，為什麼要依靠別人生存？在學校常看到結伴同行去洗手間的女生，連群結黨欺凌其他同學的男生，向主任互打小報告的老師……

現在我終於明白了！原來這正是低階級的物種的生存本能。

「謝謝。」

「吓？」眾人不解，胖子依舊抱著我不放。

我望著一直站在不遠處觀戰的 Mr.GM，目測推算他與大樹的距離大約只有四米多，我的立定跳最高記錄是三米，再加上一個人的重量，必須連跳兩次呢……

「呼……」我瞬間動用全身的力量將胖子的手掙開。瘦小的四眼男就站在我的前方，我雙手將他抓住，高舉過頭。

蹲到最低，大腿肌肉繃緊。

影子退到腳尖前。

腦內分泌出大量的腎上腺素，頭皮發麻還一直延伸到頸背。這種感覺還是第一次呢。

奮力一躍！

就在降落的一瞬間，再度彎下膝蓋，像炮彈般再往前跳去，順道將四眼男扔開！Mr.GM 仍沒意識到我已站在他的面前，他的雨傘僅僅足夠成為我的遮蔽處。

一手把雨傘搶過來！

遊戲結束！

「喀喀喀、喀……喀，這、這位玩家……這樣做是犯規……」
是什麼原因呢？Mr.GM 內部發出齒輪被硬物卡住的聲響。

「閉嘴！由現在開始，規則由我來訂！」一定是腎上腺素分泌
過盛的關係，在對方還沒說完話前就用肘擊將之擊飛，是很沒禮
貌的事。

「啊啊啊啊啊啊啊！」另一方面，四眼男完全暴露在射燈下，
身體不斷冒煙，皮膚開始滲出焦臭的血水。

以罪惡感建立的小圈子成員，胖子跟女人完全沒想過跑出去
施以援手。射燈慢慢接近中午，站在外圍的胖子半邊身體外露在
射燈底下，女人以嬌小的身形躲在肥厚的身軀下暫時避過一劫。

我撐著雨傘慢慢走到樹的旁邊……

「救、救救我！你叫占士吧？！姐姐可以跟你幹那回事……」
女人逕自拉低衣領。

胖子整個背脊都被燒起來，痛得牙齒喀喀作響，什麼廢話也
編不出來。

「我的人生，比你們重要得多。」我淡淡地說，然後將大樹往
側踢倒。

「碰！」大樹砰聲倒下，隨之而來是不同分貝的嚎哭慘叫。

慘叫聲沒到日落就停下來了，地上躺著三坨不能稱為人類的肉塊，血水不斷從肉塊滲出，整個貨倉都彌漫著古怪的血腥氣味。

　　「相信沒必須繼續了。遊戲結束，恭喜你！」

　　我撇頭望向站起來拍打身上灰塵的 Mr.GM，所謂的遊戲主持人……

　　「不，是我輸了……到最後我居然還是遵循這笨遊戲規則行事。」我抬頭望著雨傘。

　　「喔？怎說？」Mr.GM 歪著頭，沒為忽然被揍而動氣，反而對我產生起興趣。

　　「什麼只需要撐過中午，遊戲勝利者不止一人……這些全都是廢話。恐怕只有這個，才是勝利的方法吧？」我舉一舉雨傘。

　　「呵呵呵……」Mr.GM 沒有反駁，只是笑著。

　　「剛才只用了一分鐘他們就被燒成肉醬了，不論誰犧牲的結果也是一樣。而作為旁觀者的你，明明就不怕被強光照射，也一直站在不遠處撐著雨傘，這就是最好的證據了。」剛才被我擊飛的 Mr.GM 照道理也一樣會像四眼男一樣變成血水，但他卻好端端的站著跟我說話。

　　「不錯不錯。」

「不過接下來⋯⋯遊戲規則由我說了算！」我邁步走向 Mr.GM。

「別太得意忘形，我還是你的遊戲主持人，你需要撐著雨傘，我不用，這就是證明。」

「但我可以再將你揍飛！」

「這是你的獎品！好好保留著它吧！我期待跟你再見面的一天！再見！」Mr.GM 慌亂地掏出一張黑色卡片扔向我。

下一瞬間，我的視線突然無法找到焦點，雙腳竟癱軟下來，昏睡過去。

「你就睡這裡吧，這是給你的教訓。」眼球彷彿溶成一坨膏狀物，眼前的景物扭曲，這是我在失去意識的前一刻聽到的。

清勁的晚風把我喚醒過來，剛才的亢奮感已經完全退去，冷冽的寒風就像針刺般使我迅速清醒過來，我左右環視，周圍不像會有類似剛才的貨倉存在，眼下只有零零落落簡陋的平房，這種地方能住人嗎？我從小到大都沒踏足過如此荒涼的地方。

我一邊享受著腎上腺素殘留在體內的餘悸，手肘實在的撞擊感，近距離目擊死亡的影像，一邊走向其中一間破屋。

「被打劫嗎？還是偷渡客？」開門的是一位老太婆，住這種地方的思想果然單純得很。

「沒事，可以借我電話嗎？」

「啊啊，好。」

我撥了通電話，叫家裡的司機來接我回家。我身處的位置他們能從電話線路查到，所以我不用擔心，我真正擔心的，是父親。我突然被抓走了，然後又出現在沒可能會去的鄉郊地區，父親一定擔心得很。

「請問現在的時間是……？」

「喔，這裡。」老太婆指著牆上的掛鐘，現在已是凌晨兩點多。

「老太婆我先去睡了，年輕人你自己注意安全。」大概是老太婆覺得自己家裡沒什麼可偷，所以沒理會我的存在就回房間打開收音機睡了。我一邊聽著房間內傳來收音機的音樂，一邊盯著一下一下跳動的掛鐘……

下次！一定要狠狠砸壞你！

我拿出在我剛才醒來時放在我臉上的那張黑卡，據 Mr.GM 稱這是勝出遊戲後獲得的獎勵，至於它的用途是什麼？在什麼時

候用？怎樣才能去使用它？慌亂逃脫的 Mr.GM 隻字不提，他只說過想我好好保留它⋯⋯

是敵人的陷阱嗎？不要緊，只要再有進入遊戲的機會，我拚死也會留著它！我端詳這張開啟我人生新一頁的黑卡，那像黑洞般攝人心神的黑，實在教人著迷。

「希望大家喜歡剛才為大家送上的歌曲，現在的時間是下午三時正，戶外天氣大致天晴，祝大家有一個愉快的周末。」收音機的廣播引起我的注意。

下午？拜託打開窗戶看看外面才報時間吧。

就在這個時候，屋外有汽車從遠處駕駛過來的聲音，我站起來伸展一下筋骨，要敲一下房門跟老太婆道別嗎？還是不用了，反正這輩子也不會再有機會再見面。

我吩咐司機留下足夠老太婆在餘下的人生過著奢侈生活的金錢，便乘車離去。我透過車窗望向夜空，天空離我很遠，真想快點回家。

「對了，現在是幾點？」我忽然想起這個問題。

「占士少爺，現在是晚上七時半，回去剛好趕得及晚飯呢。」

「⋯⋯」

那個可惡的鐘，到底在搞什麼花樣！

回到家後，吃了頓一如以往的晚飯，父親斥責說「緊記著你的人生」。飯後洗了個澡將身上的污垢洗擦乾淨，返回我的房間。隔天過著同樣的生活，後天也是，大後天也如是…… 返回我熟悉的生活，重回人生的正軌，我卻找不到半點生存的實在感。有種錯覺，我覺得自己不知何時變成一具只懂進食、排泄、休眠的人形肉塊……

唯一可以做的，也是唯一我覺得有意義的事，就是一整天窩在家裡的健身房，聘請了私人健身教練、綜合格鬥教練、軍事戰略退休軍人，還弄得兩次肌肉輕微撕裂，但還是一點真實感都沒有！

「少爺，為什麼要拚命把自己搞得滿身勞損呢？是學校運動會嗎？」管家的存在價值就是多管閒事。

「我有東西想要！」我吐出嘴裡的鮮血，剛才被教練一拳揍昏了。

「難怪，總覺得你這陣子有點不一樣。」

「不一樣？」

「眼神跟表情……該怎麼說，充滿著饑餓、渴求和慾望。容許我多管閒事，少爺想要得到的是什麼？難道要上擂台拿金腰帶？」

「我想把鐘一拳砸爆！」

「唔……這就是青春期吧？但我必須提醒一下，當老爺的病好起來後，看見你變成這個樣子，或許會出手阻止。」

「他不會的。」我篤定地答。

就在昨晚，我獨個兒進行打擊沙包的訓練，父親就已經走進來阻止我了。

「停止你現在所做的，你的人生不需要這種訓練。」父親嚴厲喝令。

「……」我沒有理會，繼續打著沙包。

「跟我的指示去做！別鬧了！」父親走過來拉動我的肩膀。

「從今以後，規則由我來訂。」我轉個身來，一拳把父親揍得半數牙齒斷掉，舌頭幾乎斷開兩截。

後來，我支付了家中傭人和家庭醫生十倍的薪金，提供二十四小時在房間看護著患了「重病」的父親。家裡的生意我交由一個在我公司幹了十多年，從沒有開口要求過加薪升職的一個小員工，由他全權負責。 而我向學校輟學，整天在家進行各式各樣的特訓，做足萬全準備迎接下一次遊戲來臨的一刻。

GAME
躲 貓 貓

RULE.1	玩家需要躲在樹上，避免被高熱光線射中。
RULE.2	太陽會從東邊升起，往西邊落下，維時約半小時。
RULE.3	太陽下山後，生還的玩家將被判定為勝出。

在人體由活生生至燒死的過程中，經歷了多重痛苦才能完全
死亡。首先表層皮膚因高溫而產生劇烈的痛楚，經過泛紅、水泡、
壞死及炭化幾個過程後，皮膚層神經全數被毀，埋藏在底下的肌
肉層和血管直接暴露在高溫之下，痛楚將倍數提高。通常被燒死
的受害者都會在這個時間受不了痛楚而陷入昏迷。

除了皮膚之外，其他有毛髮的部位會受熱而皺縮卷曲。在正
常情況下，受害者在本能反應下會緊閉眼睛，但眼球亦會因高溫
令球體內的液體升溫沸騰，到最後眼球內部組織溶解或整個爆開。

由於體液在皮膚被燒毀後會大量滲出，肌肉組織亦會壞死和
炭化，嚴重致死的屍體重量會大大減輕。當肌肉遇高溫而凝固收
縮，屍體四肢會呈現屈曲狀態。

除了身體外部，內臟亦會在高溫條件下吸入熱氣灼傷，尤其肺部
組織亦會因凝固性壞死而令受害者窒息而死。

— PLAYER THREE：軍澤 —

我叫軍澤，人生……只是一場互相欺騙的遊戲。

假裝在短暫的人生裡完成大業，死而無憾，欺騙別人同時又欺騙自己，到最後，還不是躺進同一個地方。

「新來的。」

「終於湊齊人了。」

「這次是什麼人？可不重要，什麼人都得排到最後。」

「他媽的，好餓……」

「開始吧，好餓……」

「各位，照計劃進行。」

「啊！他露陽具……」

「咦？！」夢中，我被那一句碎碎念扎醒而彈跳起來，低頭一看……

我果然是露陽具了……

我趕緊將著涼的小寶貝收好，嘲笑聲在四周圍迴盪著，我不知何時被拐到一個面積頗大的貨倉內，面前有五個房間，有四個

人散落地坐成一團，看他們各人的樣子不像是抓我的那幫人，但我很確定他們是一夥的。

　　我對這種遭遇並不感到過於驚訝，因為以我的彪炳「往績」，被仇家拐來行私刑並不是什麼稀奇的事，甚至可以說是已經習以為常了。若果不幸死在這裡，也只能怪自己倒楣了。

　　「肚子咕咕叫的各位！玩家人數已經足夠了，相信大家都已經急不及待想開始遊戲，但由於有新玩家加入，而且講解遊戲規則是身為遊戲主持人的責任，各位就先忍耐一下嚕。」驀地，一個沒什麼衣著品味的怪人從黑暗中走出來，大家就立即停止煩人的碎碎念，看來他就是把我抓來的人了。

　　雖然我經常遲到，但我可不記得仇家名單裡有喜歡角色扮演的……

　　「我先作自我介紹，我叫 Mr.GM，是你們的遊戲主持人，喲呵！」現場只得自稱是 Mr.GM 的鐘錶愛好者一個人在拍手。

　　「大家都有去過學校的畢業旅行吧？！那麼就應該有玩過選房間遊戲了。每個同學都想睡大房，沒人想要猛鬼又有老鼠甲虫的尾房，所以就衍生出這個遊戲了。每位同學要在其他人看不見的情況下選擇自己喜歡的房間，然後走進去後關上門，祈求其他人不要進來，因為到最後……有可能因為每個人都想要睡大房，結果大家擠在同一個房間睡！哈哈哈哈哈！」Mr.GM 逕自笑得彎下腰。

　　我嘗試在腦海中挖出中學時期的記憶，每天都窩在遊戲機中心跟別人打架、在學校裡販賣毒品、用各種手段把女同學帶到天台上幹炮、厭了就用她們的身體威脅老師交出掩口費，或者找出她們的痛腳，逼她們去做援交……就這樣而已。

　　畢業旅行？可以吃的嗎？嘿嘿嘿，我可是聽都沒有聽過咧。

　　「正如大家所見，眼前總共有五個普通的房間，而你們剛好有五個人。在輪流選擇房間之後，房間裡最少的玩家為之勝出，相反最多玩家的房間就是輸家！若果出現兩個房間有相同人數的情況，又碰巧是人數較多的話，那麼兩個房間的玩家都一律算輸了。」

　　「遊戲一共會進行十回合，記分方式是每個回合記錄輸的玩家，到最後輸的次數最少的玩家，就為之勝出遊戲了！若果最後有玩家出現相同分數的情況，就會出現雙冠軍雙贏的局面了！大家要努力喔！」

　　「而輸了遊戲的玩家，將會待在這裡一直等到下一輪遊戲的開始，我們會努力注入新玩家進遊戲了，當有足夠的人數遊戲就會開始了。當然，遊戲的贏家越多，就代表等待下一次遊戲的時間越長，大家就要在這個沒食物沒水喝的倉庫裡可憐地等死囉。」

　　「各位都沒問題了吧？」Mr.GM 拍拍手，掃視我們五個人，沒有人開口發問。

沒問題！？無緣無故被抓進倉庫，跟一群餓鬼玩遊戲，怎麼會沒問題啊？！一個暴露著陽具昏迷、才剛醒來的人，能旨意我聽懂什麼？！我根本完全搞不懂現在的狀況啊！

　　「那麼……滴答、滴答……遊戲開始！」他角色扮演還真認真咧，頭套竟然還能發出跳秒聲。

　　「第一回合！選擇房間的先後次序，由被邀參與遊戲的新玩家開始，順著時間次序排到最後。也就是說，最後一名選擇房間的，就是遊戲經驗最老的玩家了！」Mr.GM先請所有人進入一個叫「大廳」的房間待著，使選擇房間的我不被其他人看見。

　　「你可以選擇喜歡的房間了。」Mr.GM 示意我可以開始。

　　回想起來，我曾經玩過類似的遊戲，而且還是高手，只是方式有點不一樣而已……

　　作為一個健康男人，我常常與幾個好兄弟去召妓。我們對於「雞」的要求非常高，所以經常會有爭執的情況出現。於是，我們就想到一個解決辦法。

　　先叫質素不一樣的妓女各自進入房間，每個房間一個，有時候為了增加刺激感，我們還會付錢光顧一個很醜很醜的，看誰最倒楣。然後我們就猜拳決定先後次序，勝出的人可以先選房間，抽到哪一個妓女，一切都看運氣。

　　但是，不論能否抽到好的，我們都不想有「兩棒撞一洞」的情況出現，所以⋯⋯我們盡量都不會兩個男人進入同一個房間。

　　而避免這個情況的方法，就是故意讓其他人知道自己選擇哪一個房間，之後選擇房間的人就會識趣避開了。

　　根據剛才 Mr.GM 的說法，每一個回合都是由新手的我優先選房，這樣的話，我就贏定了！

　　不計大廳的話，可以選擇的房間總共有五間，左跟右各兩間，中間形成一條走廊，而走廊盡頭還有一間在中間的。我想都沒想，就邁步走向離大廳最近，左邊的一個房間停下來。

　　「喔喔，這間好像不錯呢。」我故意大聲地說，因為我知道他們一定擠在大廳的門後偷聽。

　　「就這間吧！」我進去房間後把門大力關上，聲音大到就算是白痴也知道我選擇那一個房間

　　這樣就穩贏了！

　　關上門後，我立刻伏在門後偷聽，但半晌後也完全聽不到外面有半點動靜，看來房間的隔音設備做得很好，以免外面的玩家聽到房間裡是否有人。

「呼！真無聊！」總言之大家都知道我在這個房間就安全了。

房間裡除了一張床以外就什麼都沒有，很普通的一個密室，我彈跳到床上躺著等待回合結束。到底，我是怎麼樣被抓進來的呢？我開始回溯之前的記憶。

「啊、啊、嗚、快點……不要停……」下午，我在辦公室桌上幹我的病人。

「不行了……！」腰間緊縮，我毫不客氣地將精液全都射進那女人體內。

「嘎、嘎、嘎……醫生，這樣真的可以幫我轉運嗎？」女病人用狐疑的眼光望著我。

「有沒有很舒暢、接下來做什麼事都能夠成功的感覺？」我仍不願拔出來，享受著她的體溫。

「好像有點……」女病人笑了一下。

白痴，現在她這種叫性滿足感，這是女性在性交後腦分泌所導致的。我的精液又不是符水，壓根兒就沒有轉運的功效，何況正常的心理醫生根本就不會用性交來幫助病人啦。

更更更何況…… 我根本就不是心理醫生。

　　辦公室牆上掛的執照是假的、書櫃上的獎項是假的、連我穿著那套醫生袍也是假的。若果有一個真正的心理醫生來我這裡，一眼就能拆穿了。

　　然而，心理學不同於理髮店，心理醫生根本就不會去看心理醫生，所以我不用擔心被拆招牌。事實上我的顧客有很多，大部分屬於怨婦，甘願被我的陽具醫治她們的心理病。

　　我連什麼叫心理學都不知道，但人就是這樣了，只要掛個專業名詞在前頭，就連家裡每天相伴的伴侶都不相信，甘願付錢給別的男人幹，犯賤！

　　「咔。」房間的門把轉動時發出聲響，使我從回憶中驚醒過來。

　　「喔，果然在這個房間，我沒聽錯。」進來的是一個梳平頭裝的宅男，他看見我休哉遊哉地躺在床上，似乎鬆了一口氣。

　　「喂喂！你到底懂不懂遊戲怎樣玩？！」我臉容扭曲起來。

　　「知道。」宅男欣然。

　　「那你為什麼還要進來！玩家只有五個人！現在我跟你加起來已經有兩個人了！輸定了你知道嗎？！」我從床上跳到他的面前揪著他的衣領。

「你勃起了。」宅男指著我的下體。

「啊，對不起。」

正當我打算對宅男用刑之際，又有人開門走進來了。

「啊哈，活該！這裡已經有兩個人了！」反正這個回合都輸定了，多一個人一起輸心情會比較好。

「喔，抱歉這位玩家，我是你的主持人 Mr.GM。由於房間有完全隔音的設備，所以我特意進來宣佈遊戲結果的，這個回合你們兩個人輸了，其他房間都只有一個人。」沒料到進來的是角色扮演的大鐘怪人。

「噴，我早就料到了。」我踹向床腳洩忿。

「呼……」宅男聽見自己輸了竟鬆了一口氣。

Mr.GM 示意我們回到大廳，宅男一直跟在我後面，當我進去的時候大家都在向著我竊笑，就像早就料到有這個結果似的。宅男進來時便畢恭畢敬地向著骨瘦如柴的男人點一點頭。我瞥向那個男人，他瘦弱得需要偎著牆壁坐著，加上他又是個光頭，看起來就像火柴人一樣。

「好了，大家都回來了。第二回合正式開始！」我都還沒坐下來，Mr.GM 便宣告下一回合開始。

「快點去吧，老大很餓了，嘻嘻。」其中一個跟在光頭男人後面的笑屁蟲嘲諷著。

離開大廳步入走廊，我開始思忖到底哪裡出錯了。聽他們的口吻，應該是早有預謀的，如果朝這個方向想的話，宅男是故意黏著我的吧？照推測宅男是比我早一輪參與遊戲的玩家，而其他人則是更早期的，所以他們早就連成一線了，宅男只好聽從他們的計劃行事。

那麼說，我應該不被任何人知道我選哪一個房間才對，這樣的話宅男就沒辦法故意輸掉了。可惡，如果我一早想到的話，剛才那個回合就不用白輸了。

一定是常常擅自勃起，才令腦袋血液不足吧。

我躡手躡腳盡量不發出半點聲響，選了跟第一回合同樣的房間，照道理說他們一定猜不到我選擇哪一個房間，嘻嘻。

不料，我才關門沒多久，宅男又推門進來了。

「你、你、你、你、你怎麼會又進來了！」我訝異得瞠目結舌。

「老大說很餓，催促我們快點讓他贏。」宅男進來後，便逕自坐在床上。

「打擾大家了。」接著沒多久，進來是一個肥婆。

「嘻嘻嘻，又見面了。」臭屁蟲也進來了。

　　所有人唯獨火柴人一個沒有進來，沒隔多久 Mr.GM 就打開房間宣佈我們輸了，大家像早就知道發生什麼事般，鬧哄哄地離開房間。這個時候，我飛快地擋住門口，不讓他們離開房間。

　　「你們這班人！先給我解釋到底在玩什麼把戲！不然的話我會拚死跟你們糾纏，阻止你們進入大廳，這樣的話遊戲就不能繼續，直到你們的火柴人餓死為止！」我雙手撐在門前，以破釜沉舟之勢大聲咆哮。

　　老實說，我很怕痛，也最討厭跟別人打架了，我這樣說只是唬唬他們而已，然後心裡怕得要命。

　　他們在大眼瞪小眼，然後臭屁蟲便踏前一步說：「怎稱呼？」

　　「軍澤。」

　　「軍澤老弟，這個遊戲你是輸定了，不要做多餘的事，讓它早點結束好嗎？好運的話，大家都不用死。」臭屁蟲一副語重心長的語氣說。

　　「對啊！我已經比起進來之前瘦了三公斤了！」肥婆搭嘴。

「大家都不用死？是什麼意思？」

「我們老大的老大的老大，早就想到遊戲的破解方法了。」臭屁蟲搶著說。

「什麼破解辦法？」

「方法就是合作破關！這個遊戲太依靠運氣了，不穩定因素太多，根本沒有一個必贏的方法，所以唯一的辦法是所有玩家合作，共同對抗 Mr.GM 的遊戲。依進入遊戲的先後次序，每次讓一個參與時間最長的玩家勝利並離開遊戲，其他人的責任就是將這個破解方法承繼下去，讓大家都可以離開遊戲。」

「我、我還是不明白。」

「正如你所見，我們的老大……就是你說的火柴人，他是逗留在這裡最長時間的玩家，他就是這次遊戲會勝出的人，下一個輪到我、然後是女士、再來是這位小兄弟、最後才到你。」

「每次幾個人離開不是快一點嗎？」我問。

「每次幾個人離開的話，下一次等待遊戲開始的時間就會變長，上一個老大就因此而餓死了，結果等待的時間變得更長，每次離開一個是最安全的方法。」

「若果我不打算加入呢？有人試過這樣吧？」

「我們會合作解決這種情況，對抗我們的人不可能靠單人之力戰勝我們。事後我們還會將他撇除在離開的先後名單內。也就是說，他只有在這裡一直輸，輸到餓死為止…」

「……」

「兄弟，相信我吧，不想死的話就依照我們的計劃行事，這一次你就將就一下當輸家吧。」臭屁蟲拍開我的手離開房間，肥婆跟宅男也跟著離開，房間只剩下我一個愣著。

「不行不行不行不行不行不行！」我咬著手指，想起那火柴人雙頰凹陷的樣子，我絕對忍受不了長時間饑餓的折磨，也絕對不要跟又肥又醜的女人共處一室。

我要逃離這裡！

我最後一個回到大廳，其他人向我打個眼色，尤其是滿臉贅肉的肥婆拚命向我擠眉弄眼，簡直令人作嘔。我軍澤一輩子遇過不少風浪，每次都能全身而退，這就是我的本事。現在，我再次面臨人生最重大的危機！但我發誓！我絕對不要跟這個肥婆共存在同一個空間！一秒都不可以！

就讓你們見識一下！偷呃拐騙的力量！

我雙掌猛力拍打臉頰，將腦裡的影像甩走，再評估現在局勢。

現在我輸了兩局，宅男跟我一樣，肥婆和臭屁蟲只輸了一局，火柴人老大還沒輸過。

「第三回合，開始。」Mr.GM 走進大廳宣佈。

我步出大廳，隨便找了個房間就鑽進去，坐在床上等待其他人進來。如我所料，沒多久肥婆就走進來了。

「別跟我說話！面向牆壁！靜靜的聽我說就可以了！」我大聲呼喝。

第三回合的結果，我輸三，宅男輸二，肥婆輸二，臭屁蟲輸一，火柴老大零敗。

「這次的玩家好有衝勁呢，遊戲進行速度真快。那麼事不宜遲，第四回合開始。」Mr.GM 欣喜地雙手合十。

這次也一樣，我睡不慣陌生地方，所以想都沒想就進了第一個房間，依舊是靜待著下一個人來臨。

「臭屁蟲，你先別放屁，靜靜地聽我說就好了！」我上前摀住他的嘴巴。到最後 Mr.GM 走進宣佈戰果時，我更將臭屁蟲整個人壓在地上，真是個難纏的傢伙。

第四回合，結果我輸四，宅男輸二、肥婆輸二、臭屁蟲輸二、火柴老大零敗。

「對於自動自覺的玩家很值得讚揚呢，大家加油，第五回合開始。」Mr.GM並沒有說我在房間使用暴力的事，看來這個遊戲的自由度很大呢。

照樣的，我還是進入同一個房間。如我所料，這次進來的是宅男，我計劃中最重要的角色！

「等你很久了，過來，聽我說。」

第五回合，結果我輸五，宅男輸三，肥婆輸二，臭屁蟲輸二，火柴老大依然零敗。

「別廢話，快點開始吧！第六回合第六回合！開始！」Mr.GM才剛走進來，我便催促他。

「誒？！呃……好好……第六回合開始……」

男子漢就是要堅持到底，這次我還是選了同一個房間，但這次的戰果將會變得不一樣！大約過了五分鐘，房門再次敞開，可是，門外的人愣著半晌都不肯進來，他一臉難以置信，孱弱的雙腳在不停顫抖。

他……正是火柴老大。

「嘿嘿嘿，快點進來吧，老大！」我故意將「老大」兩個字誇張地說出。

第六回合，結果是我輸六，宅男輸三，肥婆輸二，臭屁蟲輸二，火柴老大首次吃敗仗。

「怎麼會這樣！你們都在幹嗎？吓？！」火柴老大回到大廳後，氣憤得滿臉通紅。宛如一根火柴拚命在燒光前燃燒到最旺。

「因為我已經識破『你』的計劃了！」我故意說「你」而不是「你們」，這是我利用言語放置的一個小地雷。

「誒？」火柴老大不解，但因為長期處於饑餓狀態，一屁股跌坐在地上，臉容變得更加深邃。

「不止是計劃，還有你們那些小把戲我都知道得一清二楚。所以，我們會合力擊敗你！」我動作誇張地搭著宅男膊頭，臭屁蟲跟肥婆像觸電一樣全身抖了一下。

「所以、剛才……」火柴老大完全語塞。

「我只是稍微玩弄一下機率把戲而已，遊戲進行的先後次序是不變的，經過數個回合後，我已經計算到你們所有人的先後次序

了。」我雙手交叉盤在胸前，他媽的什麼次序我完全搞不通，只是一開始臭屁蟲、肥婆跟宅男進來我房間時跟我說罷了。

但我猜想在第二個回合所有人都走進我房間跟我說教時，火柴老大只下了「說服那個新人加入計劃」這個指令，所以對話內容這些細節他應該是不知道的。

另一方面，知道自己禍從口出的臭屁蟲，當然不會暴露自己的錯失吧。

我的戲法還沒有完……

「其實我早在第二個回合，就看穿了為何你們每次都能找到我在哪一個房間了。你們在每一個回合結束後，都沒有把門完全關上，留一條很難才注意到的小空隙。而當我選擇房間，進去後便會將門完全關上。門在沒完全關上的情況下，你們不需要轉動門把就可以將門推開，所以你們只需要每一個房間輕輕推一下，不能推開的就代表我在裡面了。」

這也是我吹噓出來的，這個門半關上的把戲是剛才跟我結盟的宅男告訴我的。當然了，屬於盟友的宅男不會拆穿我的謊言。

戲法仍在繼續。

「那麼你剛才所說的機率是……」火柴老大雙眼快瞠大得掉出來。

「正如我所說的，我已經拆穿了你的『半開』小把戲。所以我將某一個空房的門完全關上，裝作我在裡面，而我真正身處的房門是半開的。在上一回合，我事先告訴與我同房的宅男我會選擇哪一個房間。所以宅男不會選擇我的房間。」

我頓了一下，指著肥婆又說：「下一個輪到肥婆，她是完全不知情的。她所看到的，是兩個『全關』的房門，和三個『半開』的房。而肥婆在三個房間之中，倒楣地抽中我的房間的機率是三分之一。」

「接著輪到臭屁蟲，同樣道理他所看到的是三個『全關』以及兩個『半開』，所以他抽中的機率是二分之一。」

「到最後，就是老大你了。不用我說吧……你的機率是百分之一百啊哈哈哈哈哈哈！別以為排最後就會安全啊！」我說完之後配以極度侮辱的笑聲，替我的戲法加重火藥。

「可惡……」火柴老大氣得渾身顫抖，可是我期待的，是他完全踩進我的陷阱的一刻。

就差一步！

「放棄吧！我們兩個人就可以擊敗你們三個人！」我故意注明人數上的差距。

來吧來吧，乖乖踏進我的陷阱裡吧。

「你！還有妳！下一個回合進去同一個房間，你們給我記著！想活下來就跟著計劃走！」火柴老大命令臭屁蟲跟肥婆，以為這樣做就可以降低自己抽中的機率，餓著肚子的人果然特別蠢。我還察覺到，兩人被命令下一回合故意輸掉時的眼神閃過一絲不願。

這都是因為之前我在他們的體內埋下的炸彈引爆了的關係。

「喂！大笨鐘！下個回合開始吧！」完成了！火柴老大完全掉進我軍澤的陷阱了！

剛才我所說的機率，驟看起來只是簡單的三分一、二分一。但以心理學的角度來看，臭屁蟲和肥婆根本就不會輸。

從一開始，我都選擇同一個房間，以致需要按計劃行事，每次注意我在哪一個房間的三人，在心底裡對那一個房間產生莫明的恐懼感。就像頻頻發生交通意外的交通黑點，人們總會在那條馬路特別注意，司機也會不期然放慢速度一樣。

在上一回合，雖然臭屁蟲和肥婆不知道我換了別的房間，而在三個「半開」的房間中，其中一個是我常常選擇的房間。在心理壓力底下，他們根本不會選擇那一個房。

但是作為「王」的火柴老大，前幾個回合都是沒經過任何思考地選擇「士兵」替他空出來的空房，所以想都沒想就一頭栽進來了！

這就是戲法的力量了！

除了戲法之外，撒謊的技巧也相當重要，不然你以為我是怎樣說服其他女人跟我性愛轉運啊？！

「我想你幫我一個忙……」上一個回合，當宅男進入我的房間時，我就搭住他的肩膀坐到床上。

「什、什麼？你還打算要反抗老大嗎？」

「放心，我不會害你的。反正我已經沒有贏的機會了。」

「要我怎樣幫你……？」

「讓我幫你贏這個遊戲。」我這麼一說，宅男便瞪大雙目，難以置信自己聽到的說話。

「你不是沒看到你家老大的樣子吧。老實說，看你這個孱弱的體質，你能忍受嗎？」

「……」宅男低頭苦思。

「更何況，就算讓你撐到其他人都走了，輪到你當老大，你有信心控制其他玩家聽你的說話嗎？萬一！我說萬一……他們其中一個叛變的話，你就要餓死了。」我故意死命刺向宅男沒自信這個要害。

「我……」

「相信我吧，反正我已經沒機會贏了，害你對我有什麼好處？吖！對了！當你贏了之後，還想請你幫我一個小小的忙，很簡單而已……」

於是，宅男便將火柴老大的計劃，還有「半開」的把戲全盤托出來了。

「第七回合，開始！」這次，Mr.GM 走進大廳宣佈開始下一個回合，我用力拍打了宅男的背幾下，然後挺起胸膛一副自信滿滿的樣子步出走廊。

相信這個回合之後，我的佈局就可以完全展開了。到時候火柴老大就只會剩下孤身一人……吖！不是！我會一直死咬著他不放的，嘿嘿。

「我會進去你上一個回合選擇的房間，自己看著辦。」跟宅男解釋我的計劃，我這樣叮囑過他。所以在上一個回合，他故意等到我跟火柴老大出來後才步出房間，讓我看見他從哪一個房間出來。

雖然我可以直接將我打算進去的房間告訴他，但這種做法能夠讓宅男有一種「喔，果然跟說好的計劃一樣。」的安定感，我就不怕他會背叛我了。

　　這個回合，我先將所有房門都完全關上，然後才走進房間。宅男是不會進來的，而臭屁蟲跟肥婆會有四分之一機會選中我的房間，火柴老大是三分之一。可是這個回合就算沒人走進來也沒關係，我只需要臭屁蟲跟肥婆輸就可以了。

　　最後，火柴老大還是逃過一劫了，只有臭屁蟲和肥婆輸了這個回合。目前的形勢是，我輸六，宅男、肥婆、臭屁蟲一樣輸三，火柴老大輸一。等所有人都回到大廳後，我便清一清喉嚨，以確保所有人都聽到的聲量，進行向火柴老大反擊戰。

　　「遊戲只剩下三個回合，接下來我保證他會連輸三局，最後他的結果就會變成輸四。而現在，你們三個人同樣只輸了三個回合，我給你們最後一個機會，正如我之前所說的，宅男會成為這個遊戲的勝利者，如果你們也想離開的話，就聽我的說話去做吧。」

　　「呵呵呵呵呵，老大！當我第一眼看到你，就看見你頭頂有一道霸氣衝出天靈蓋了，沒想到你果然是領導的奇才！」臭屁蟲磨擦著雙掌，從火柴老大身邊走過來我身後。

　　「軍澤寶貝，只要你可以帶我離開，我願意以身相許。」肥婆哭著走過來想擁抱我。

　　「不用了，謝謝。」我一手將她推開。

　　「你！你們…… 嘎、嘎、嘎、嘎……」火柴老大不停氣喘虛虛的，氣得說不出話來。

能夠讓臭屁蟲和肥婆在一瞬間倒戈相向，除了令他們知道形勢已經一面倒逆轉，在他們心目中，宅男是個階級比自己低微的新手，當然我對他們來說就連地底泥都不如。可是，在看似牢不可破的階級制度底下，兩個最低層的玩家竟能聯手將計劃擊破，更重要是…… 他們自己也可以離開！

　　在這條件下，還有誰會管什麼計劃、什麼階級，他媽的就連他媽的樣子都記不起來啊！

　　當然了，要擊潰厚牆，還是要下點炸藥。就在第四與第五個回合，我分別與他們兩人共處一個房間時……

　　「這次我是大輸家吧？我真的很驚訝呢，在這個不公平的制度下你們竟然可以忍受……」

　　「不公平？老大說過這是唯一讓大家都可以逃出去的玩法，大家都將性命交托出去，講求互相信任的計劃。說起來……我可以轉過頭來嗎？對著牆壁說話好怪……」第四個回合，肥婆走進來我的房間了。

　　「不可以！我的自尊心不能接受與你這種醜女人共處一室。但是，互相信任嗎？別笑死人了……你們這個計劃是顯而易見的奴隸制度呢。」

　　「吓？」肥婆歪著頭，脖子擠出幾層贅肉。

「妳是被火柴老大派進來令我輸掉這個回合的吧？」對著蠢人必須循步漸進跟他們解釋。

「沒錯啊。」

「單純令我輸的話，其實只需要叫宅男每次都跟我走進同一個房間就可以了，為什麼要讓妳輸掉呢？反正在第二個回合，妳已經輸一局了，到最後也沒法改變火柴老大一個人離開這個結果吧？」

「對喔，為什麼呢？」

「因為妳的老大對你們不信任，他害怕你們突然出爾反爾會威脅到他，所以才會叫你們輪流輸，要你們親手將僅餘的希望撕破。如果我沒估錯的話，下一個回合應該到臭屁蟲進我的房間吧？」

「……」肥婆不發一言。

「其實啊，你們沒有想過嗎？若果你們真正的互信，每一個回合大家都選擇其中一個房間，到最後大家就能一起贏了不是嗎？這樣的話，這個遊戲就不會再有下一次了。就算有下一次，他們也可以用同樣的方法離開，這樣的話，真正輸掉的人，就是那個頭顱滴答滴答響的怪人了。」

同樣的說話，我也跟臭屁蟲單獨獨處時多說一次。我沒逼他

們立即跟火柴老大反面，只是在他們的心裡埋下炸藥。待後來火柴老大命令他們故意擠在同一個房間時，他們心裡命名為信任的牆壁就在那瞬間被炸毀了。

「很感動的言論呢，我看得毛管都豎起來了。但是遊戲還是要繼續呢，第八回合，開始。」Mr.GM 雙手交叉磨擦雙臂。

「我可沒有什麼計劃，我的目的很簡單，就是要跟你們的『前』老大拚個你死我活。所以你們就從左下角開始，每人進入一個房間吧。剩下來的兩個房間就留給我跟他兩個人決鬥。」我故意放大聲線讓火柴老大也能聽見。

「老大啊！還剩下三個回合，你每一次只有一半的機率會輸。你只要其中一個回合抽中空的房間，就是你贏了。接下來，是氣勢與運氣的對決啊！」

「……」火柴老大氣得連雙眼也滿佈紅筋。

「對了 Mr.GM 我有一個問題，既然房門的『開』或『關』無阻遊戲進行的話，那麼玩家怎樣才算『已經選了房間』呢？」

「唔……你這個問題相當好，這是第一次有玩家問我這樣的問題呢。就由玩家雙腳踏進房間的一刻起，被判定為『已選擇』，不能再出去選另一個房間囉。」

「明白了。」

　　這次，我隨意選了一個房間，然後走進去。其餘三人依據我的吩咐，沒有出意外地各自選了一個房間。接下來輪到火柴老大一個，他踏出走廊，看見眼前的景象，他再一次怔住了。

　　因為，眼前有一個房間的房門完全打開了！火柴老大走到房門敞開的房間面前探頭進去，房裡面空空如也，但相信他也知道，實際上在床底下，或者在門後有很多可以隱藏的地方。

　　這極有可能是個陷阱。

　　在火柴老大的面前，有四個房間的門是關上的，只有一個被打開。從左下角計起的三個房間房門裡肯定有人，可以選擇的只剩餘下的兩個了。

　　應該選開的……還是關的才好呢？

　　「咔喇。」火柴老大打開門，走進一個已關門的房間。他緊張地左顧右盼，房間裡貌似沒有其他人。他舒了一口氣，雙肩軟頹了下來，慢慢地關上房門。

　　但當他把房門關上時，臉容又變得扭曲了。

　　因為他看見我站在門後跟他揮手。

第八回合，我輸了七局，宅男、肥婆、臭屁蟲一樣輸三，火柴老大輸二。

　　「老大嘛，人家不是已經打開房間讓你進去了嗎？為什麼你硬要進我的房間啊？」回到大廳後故意嗆他，順便增加其他人的士氣。

　　「第九回合，開始！」Mr.GM 在大廳宣佈。

　　「老大，剩下兩個回合，這次要小心選擇囉。其他人就照上一個回合便行了，安全至上，危險的事留待我跟你老大去解決。」我揮一揮手離開大廳。

　　經過數個回合後，我便察覺到這個遊戲與一般的猜房間遊戲不一樣，遊戲規則和勝出方法都沒有一個很切實的框架。玩家在依循規則的情況下，仍存在很大的自由度。譬如可以自行選擇關門與否，沒有限制選房間的時限，更允許玩家在房間裡使用暴力……

　　所以我得出一個結論，這個遊戲的勝負，與能否逃出這個鬼地方，並沒有直接關係。於是，我一早便放棄要贏這個遊戲，尋找逃出的方法，由始至終，所有的行動都只是我的戲法。

　　這是我用性命作為賭注，與 Mr.GM 的賭博！

　　第九回合，一切都依照上一個回合的計劃進行。輪到最後火

柴老大選擇房間了，他仍是看見足以令他心臟爆開的景象，其中一個房間完全敞開，四個房間關閉。

「啊啊啊啊啊啊啊啊啊啊啊啊啊啊啊啊啊啊！給我出來！有種給我出來！」火柴老大站在門開著的房間門口怒吼，但又不敢進去。

白痴！難道你以為我會出來嗎……

思量良久，最後他還是選了一個已經關門的房間。

「嘎、呼、嘎、呼……」進去後，他便看見我大字型躺在床上，發出聒噪的鼻鼾聲。

「怎麼會……」老大跪在地上痛哭。

「唔？你來啦？」我揉搓眼睛坐起來。

第九回合的結果，我輸八，其餘所有人輸三。

遊戲大廳內。

「大俠，我求求你，我真的撐不住了，這次輸掉的話，我真的會餓死的，求求你讓我走吧，剛才有什麼對你不敬的，我跟你道歉吧，求求你。」火柴老大整個崩潰起來，跪在地上求饒，還不停地向我磕頭認錯。

「沒錯，你是要認錯，但不是跟我，而是他們……」我指著宅男三人。

「對、對不起……請大家原諒我，這個計劃……其實是我一個人想出來的。什麼傳統……什麼互信……一切都是我編製出來的謊言！事實是……在上一次遊戲，我因為背叛了團隊所以被放逐出來，成為唯一一個輸家。我獨自在這裡等了三日三夜，才看見第一個人出現，就是他……所以……」火柴老大邊哭邊將事實告白。

「我才是要說對不起的人！我也有份欺騙大家，其實我只是第一次參加這個遊戲……」臭屁蟲也跟著跪下來。

「我、我也是……其實我一點也沒有變瘦……」肥婆像個肉球一樣跪了下來。

「原、原來只要我一個被蒙在鼓裡……」宅男低著頭。

「真相大白了，宅男小弟，你要原諒他們嗎？」我問。

「可以，但你們要先答應我一個條件。」宅男像突然想到什麼。

「我什麼都會答應你！」火柴老大。

「離開遊戲後，可以跟我做朋友嗎？」宅男說出所謂的條件，所有人都瞠目結舌。

「可以！當然可以！」火柴老大拚命點頭。

「可以啊，其實我一味奉承別人，也沒有結識到真正的朋友，呵呵⋯⋯」臭屁蟲搔了搔頭。

「當然可以，我最喜歡交朋友了。」肥婆宛如看見有一個大蛋糕在她眼前般雙眼發亮。

「嗯，好吧。軍澤，也請你救救他們吧。」宅男笑逐顏開。

「可是軍澤你怎麼辦？如果我們全都贏了，這裡就只剩下你一個人⋯⋯」接著宅男又收起笑容，關心我的狀況。

「其實，我早就知道火柴老大的計劃只是狗屁謊言。任誰都不可能在我面前撒謊。都到在這種時刻，也說說我自己的事吧。其實我是個壞事做盡的『詐騙師』，幫殺人犯洗脫罪名，一夜之間使集團公司倒閉，令黑道社團內鬨都是我的工作之一。在業界別人都叫我『帽子』，帽子戲法的帽子。我的人生做了這麼多壞事，我想⋯⋯這是個上天給我贖罪的機會。」我雙手插進褲袋幽幽地說。

「⋯⋯」所有人都眼泛淚光。

「反正結果都是一樣吧，最後一個回合，你們各自進去一個房間吧，這次誰都不可以耍賴喔。」

第十回合開始，我威風凜凜地頭也不回步出走廊。

　　接下來就由我交付事件吧，軍澤離開之後，我們一個接一個在離開大廳前先說明選擇哪一個房間才離開大廳。這次沒有人耍賴，也沒有出現任何超出預期的狀況。我進去不久後，Mr.GM率先敲一敲我房間的門，向我宣告遊戲已經結束，我是其中一個勝利者。他還給我一張奇怪的黑卡，說只要使用它就可以完全離開遊戲，不然的話下一次仍會被抓去玩別的遊戲。

　　我當然會選擇離開吧，這個遊戲我才意識到自己是多麼軟弱，更沒想到現實中竟然會有詐騙師這種職業存在，外面的世界是如此的險惡，我決定離開遊戲以後，要好好裝備自己，踏出經常窩一整天的房間，把電動遊戲全都扔掉，見識一下外面的大世界。

　　我在走廊等候著，Mr.GM順序走進肥婆，接下來是臭屁蟲和火柴老大的房間，宣告他們都是勝出遊戲的一分子。到最後，Mr.GM進入了軍澤……不！應該說是帽子的房間。

　　「感謝大家可以原諒我，你們都會選擇離開吧？」火柴老大掛上從未見過的笑容說道。

　　「當然，誰要玩這種變態遊戲啊。」臭屁蟲嗤笑。

　　「小弟，如果有一天你需要大姐姐的話，我可以幫你破……」肥婆欲言又止。

「那麼，在外面見吧。」剛才聽 Mr.GM 的解說，只要將黑卡折斷，就能永遠退出這個遊戲了。

眨眼間，他們三人都在我眼前一下子消失了，世上果然還存在很多我未知的事情呢。正當我想折斷黑卡之際，望向帽子房間的方向，看見 Mr.GM 一邊搔著頭顱大鐘，一邊步出房間。

「奇怪，他去了哪裡……？」Mr.GM 嘟嚷著。

「真不愧是詐騙師帽子，連 Mr.GM 都騙過來了。」我笑道，折斷黑卡。眼前的景象化成一片白光。

嘿嘿嘿，什麼詐騙師，世上才沒有這種東西呢！當然我也是火柴老大自我引爆時才知道原來他的計劃是撒謊的，聽見時真是嚇了我一跳。

不過我被人常稱呼叫帽子倒是真的，因為我常常送綠帽子給其他女人的丈夫戴，呵呵呵。

因為遊戲我每次都輸，而當我回到大廳裡，其他人都早就回去了。所以我便察覺到，每個回合結束後 Mr.GM 是先進去勝出者的房間，然後才會進入失敗玩家的房間。

於是，我便想到故意製造出多名玩家勝出的局面，幫我多爭取一點逃跑的時間。正如我所說，勝出跟逃出遊戲是兩碼子的事，當大家都沉迷在遊戲之中，完全沒人察覺到貨倉其中一個角落有一道閘門。貨倉的看守者只有 Mr.GM 一個吧，只要利用他向其他人宣佈勝利的時間，我逃出去就可以了！

「咔、咔咔、咔喇……」除了心理醫生外，小賊可以算是我的副業，沒兩三下我便將門鎖解開了。我小心奕奕地打開閘門，一陣異常灼熱風吹進來，但我並沒有理會，一個側身便竄出貨倉外。

本來我應該以最高速度逃離貨倉的，但是我卻錯愕地呆站在貨倉門外。因為眼前的景象，絕對比被抓進貨倉裡玩遊戲更加恐怖！

　　我的心臟像被人大力捏住一樣，每一下呼吸氣管都幾乎被四周襲來的熱風灼傷，頭顱像要爆開一樣撐著頭蓋骨。我用力地睜開眼望清四周圍，漫天煙火絡繹不絕地爆出五顏六色的火光。每一朵煙火墜後，便爆出火紅色的薔薇。

　　驀地，地面像打了個寒顫般大大地抖了一下，地上隨即裂出一張噴出熱光的嘴巴，將地上的一切吸進肚子裡。

　　嘴巴的裂縫一直向我的位置伸延，天上的煙火無定向地不斷墜落，我慌亂地拔足逃開，哪一個方向才安全？我不知道，只知道現在拚命逃跑試圖獲取一丁點的安全感就對了。

　　這時，旁邊一塊燒得焦黑的巨石吸引了我的視線，我走了過去，巨石剛好壓中一條行人隧道。雖然隧道已經被壓得倒塌，但或許有隙縫可以逃進去避一陣子。被巨石壓過的同一位置，不會再被壓一次吧？！我試圖這樣安慰自己。

　　在巨石的邊緣找到了一條小隙縫，剛好足夠我的身體通過，我像蟲一樣竄進石縫內，裡面的隧道沒有完全倒塌，但另一邊的出口也地塌了下來，於是隧道被形成了一個像房間一樣的密室。

　　雖然我知道這裡不是一個安全的地方，隨時會被巨石擊中、被活埋或整個壓扁，但我正需要一個細小的空間讓我有一點安全感。

我坐在地上一直喘喘著，到底這是什麼地方？世界末日嗎？還是我被帶到了魔界？為什麼在這種地方會有一個完整的貨倉，剛才遊戲進行時完全聽不見外面有任何聲音，彷彿貨倉跟外面處於兩個不同的空間。

　　稍微冷靜下來，疑問便不斷在腦海湧起，頭痛沒剛才那樣劇烈了，從耳膜傳來陣陣的揪痛我才發現，外面除了危機處處，隨時都會變成災難片的臨時演員之外，還非常吵耳！吵到一個地步是我無法思考，稍為不集中便會立即昏倒過去。

　　天空不斷傳出爆炸聲，地震時發出的巨響，巨石墜地的撞擊聲，空氣間不斷發出刺耳的聒噪。

　　將所有噪音加起來，就像極是地球發出的怒吼！

　　總而言之，暫時是安全了。冷靜下來後，我開始思考現在所發生的一切，眼睛漸漸適應了黑暗，我站起來環視四周，發現地上有很多凹凸不平的鼓起，定睛細看，四處也躺滿了人類！

　　我立即湊近去看，雖然他們身上沒有明顯的傷痕，我試著大力搖晃他們，但似乎全都完全失去了知覺，可是在這裡看似不會有救援人員，就算沒受傷也只會活活餓死，到底算是幸運還是不幸呢？

　　我將他們翻轉過來，嘗試尋找有沒有生還者，結果在我翻轉其中一個男人時，他突然發出低喃聲！我趕緊湊近過去。

　　「喂！喂！醒醒！」我大聲呼叫，男人不知為何流淌著淚。

　　「對不起……我騙了大家……對不起……原諒我……」男人說話時含糊不清。

　　「朋友……我們……朋友……」這個時候，旁邊也有人在發出氣若柔絲的細語。

　　「轟隆！」外面突然傳來巨大的爆炸聲，全靠洞外的火光，我才能看清他們的輪廓。

　　「怎、怎麼可能……」躺在地上的，竟然是火柴老大，還有宅男……

　　我趕緊尋找其他躺著的人，在隧道的邊緣，我還找到了肥婆，她正抱住一名男性，我趕緊將他從肥婆的魔爪中救出來，正想看清他的樣子，我嚇得扔下他彈跳起來……

　　那個男人……是我！

GAME
—— 房 間 ——

RULE.1   玩家需在大廳裡待著，然後輪流選擇大廳外五個房間。

RULE.2   遊戲將進行十個回合。

RULE.3   所有玩家選擇完畢後，最少玩家的房間為勝出，相反
              最多玩家的房間就算輸。

RULE.4   若兩個房間同時出現兩位玩家，兩個房間的玩家將被
              判定為輸。

RULE.5   當玩家雙腳踏進房間的一刻，將被判定為已選擇房間。

飢餓

　　因飢餓而造成的死亡過程緩慢，一般人可以超過三十天不進
食而不至於死亡，但在缺水的情況下則只能維持三天。痛苦主要
源自大腦發出的強烈訊息。當器官因營養不足降低到某個水平，
下丘腦便會產生不舒適的感覺作出警告。

　　曾有人嘗試用泥土和小石塊填充胃部，以減輕胃液不斷湧出
的痛苦。但其實只能起到一小部分的作用，由於飢餓感主要是由
大腦發出，要等到血糖水平回復正常，痛苦的感覺才會被消除。

　　當人停止進食而導致身體機能無法維持，身體便會自動以其
他方式維生，例如由肝臟抽取肝醣轉化為葡萄糖，或從脂肪中吸
取脂肪酸和蛋白質組織，最終以腦部及神經系統能維持運作為主
要目的。

當葡萄糖和蛋白質仍沒有得到充分的補充，在禁食一段日子後腦部會出現幻覺，饑餓感就會減少甚至消失，但因為身體器官已受到無法復原的損傷而衰竭。所以，因饑餓而死亡的屍體，身體上所有器官都無法進行器官移植。

Awaken 覺醒

──────────── 阿藍 ────────────

「噢～噢噢噢～～～唷唷唷！」

「現在是清晨六時正，天氣驟然轉冷，請大家多穿禦寒衣物……嘻嘻嘻，不過呢，很快你們的身體也可能會變成冷冰冰的屍體囉。」

我被吵雜聲喚醒，發現自己躺在冷冰冰的地板上，看見其他「玩家」茫然地四處張望，整個空間彌漫著令人窒息的詭異氣氛。毫無裝潢的貨倉，四邊都被鐵皮包裹，地板鋪設厚實平滑的混凝土。也許是處於一個完全密封的密室裡，完全聽不見外面有任何聲響透進貨倉內，所以無辦法猜測貨倉身處的位置。

沒有任何值得質疑之處，我再次被拖進 Mr.GM 的遊戲裡。一切都跟上一次遊戲一樣，除了姊姊不在我身邊之外……

但這次！

她就活在我的心裡，我所活的，是兩個人的性命！

上次的魚缸已經不見了，畢竟距離上一次遊戲已經過了三年，但地板上的一塵不染，就能確定其他遊戲一直在進行著，只是我僥倖地沒有參與其中而已。

不過，這真的是僥倖嗎？才不是！

這段期間，我反複在腦海裡模擬遊戲的進行，盡量回想每一個細節，如何能夠在遊戲中勝出？如果當時我要怎樣做，才可以救到姊姊？然而，每一次模擬出來的結局都一樣，姊姊總是因為我的軟弱，最後逼不得已犧牲自己。

每一次都一樣……好痛！

儘管無法改變已成現實的過去，但並不是一無所獲。

至少現在的我，冷靜得像平日在家裡玩電動遊戲一樣啊！

「嗚～嗚嗚～～」一名少女坐在地上，不顧一切地哭泣，這是非常不智的行為，哪怕只是一秒，只要讓其他人看見你懦弱的一面，印象便會根深柢固地烙印在心底裡，無論如何都無法再爬起來。

「好了！先跟大家介紹，我是你們的遊戲主持人 Mr.GM！」Mr.GM 從黑暗角落中走出來，裝扮還是跟上一次一樣，連接著脖頸的是一個古式大鐘，秒針以正常的節奏跳動，我曾多次嘗試在網路上尋找相關的資料，甚至以神鬼的方向搜尋，但仍沒有任何線索，彷彿眼前這古怪的生物根本不存在於世上一樣。

魚缸遊戲，在三年前的那個晚上無聲無息地結束了。

「是夢吧？一定是夢！」隔天醒來後，我一邊安慰自己一邊衝出客廳。

姊姊不在客廳⋯⋯

「看電視曾經聽說過，人類的幻想力是非常強大的，有科學家曾做過實驗，將沒開動的熨斗放在小孩子的手背上嚇嚇他，結果小孩的手背竟出現燙傷的疤痕。」我試圖解釋令我一拐一拐地走進洗手間時的劇痛。

姊姊不在洗手間⋯⋯

找遍整個房子都找不著姊姊的蹤影，就在這個時候，我聽見廚房裡傳出動靜，我馬上衝進廚房，看見一道身影正在為我準備早餐。

身影聽見我的腳步聲回頭，是媽媽。

「今天不用上學了，你坐在飯廳等著⋯⋯」媽媽的眼哭腫了。

「吃過早餐，跟媽媽到醫院⋯⋯」早餐的味道跟姊姊煮的不一樣，好鹹⋯⋯

是眼淚的味道。

「姊姊她……」正當我想開口，便瞥見飯桌上的報紙。

照片上清晰可見姊姊的脖頸被儀器固定，嘴巴插著呼吸喉管，正被送往醫院搶救。

我連忙跟父母說自己在貨倉裡經歷的事，媽媽一瞬間哭起來了，她說姊姊是在放學途中遇到車禍重傷身亡，由於報紙跟新聞都有確實報導，所以媽媽只把我的說話當作是小孩子因無法接受姊姊離世而編造出來的故事。

的而且確，在電視新聞上重播了好幾次新聞的片段，畢竟那是一宗非常嚴重的巴士車禍，巴士上的乘客全數不幸死亡，其他遇害的乘客照片同樣被登上報紙，身型魁梧的運動健將、胖胖的中年司機、年輕的地產經紀、某夜總會的高級女公關，看似是互不相干地坐上同一架巴士，但只有我清楚知道他們都是在遊戲內的失敗者……

是因為姊姊遇上可怕的車禍，以致我墜進了自己創造出來的幻想世界嗎？腦海裡曾經有過如此的猜測，若是這樣的話就簡單得多了，只管帶著悲哀的心情來渡日就好了。

可是每當我一閉上眼睛，當晚的情境便會一股作氣地湧襲過來，姊姊的叫喊聲，水流拍打在身上的觸感，從水底掙扎時氣泡冒出水面的聲音，若這一切都是我虛構出來的話，那就好了……

　　一般情況下，正常人都會盡力撇掉這種經歷過巨大恐懼的後遺症，但我才不稀罕要重回正軌生活啊！相反，我很害怕終有一日時間會把這些感覺沖淡，連同失去姊姊時的悲憤完全都忘掉了。

　　然而，當我再一次被抓來這個貨倉裡，我切實地感覺到全身血脈都像滾燙的熱水般沸騰。

　　頓時間，我放心了……

　　姊姊，我並沒有忘記要替妳報仇啊。

　　「接下來，我會為大家詳細解釋遊戲規則！」Mr.GM 大聲地說，吸引了在場所有人的注意力。

　　我也趕緊壓抑住憤怒的心情，冷靜地掃視周圍的環境。這一次，所有玩家都被困在一個鐵籠內，而在這個籠中央有一個細小的房間，但仍未知有何用途。

　　「媽的！什麼遊戲啊你這個變態，你知道我是誰嗎？我在外面的兄弟可多了！」一名光頭的怒漢在鐵籠內雙手抓住鐵枝，像野獸一樣向他怒吼，其他人都有意無意地撇過頭避開他的視線。

　　「咳咳，這位玩家，不管你有十兄弟還是個獨生子，參加遊戲的人數還是有限制的。」Mr.GM 笑說。

「你竟敢少看我，只要我的兄弟發現我不見了，一定……」光頭男張開喉嚨破口大罵，任由憤怒佔據全身只會失去思考能力，跟哭哭啼啼一樣是不智的行為。

「我必須提醒一下大家，這個遊戲是有時限性的，這樣下去只會令時間白白流走，你確定要繼續耗下去嗎？」Mr.GM 停住了遊戲的解說。

「噴……」光頭男鼻孔噴氣。

「真乖，今次的遊戲是鐵籠逃出遊戲。大家只要解開鐵籠的電子鎖，就能逃出生天了，所有成功逃出的玩家都能獲得黑卡一張，而黑卡是能讓各位永遠退出遊戲的寶物喔。」大家都不約而同左右張望，我暗暗摸索藏在褲袋內的黑卡。這張黑卡我一直帶在身上，以備不時之需。

「各位同學！遊戲的趣味點來了！到底大家要怎樣解開電子鎖呢？方法非常簡單，玩家只需要輸入正確的五位密碼就可以順利開鎖了，數字已經分散在鐵籠裡的某處，但時間一久就會消失哦～ 不過，鐵籠的面積也不算不大，大家要努力搜索囉。」

「為了增加這個尋寶遊戲的樂趣，特地增設了交易制度。在接下來的時間裡，任何線索都是價值連城的交易籌碼，位於鐵籠中央小房間，正是讓各位進行交易，房間只能容納兩個人，也具有隔音功能，能讓交易絕對保密。」

「這個房間是讓大家可以既安全又能自由交易而建設的，所以交易的次數、交易的內容、交易的籌碼都不受限制，大家可以用外界的財產，甚至是自己的內臟作為換取籌碼。但公平起見，若玩家動用武力的方式來奪取密碼，作為主持人的我會立即阻止的，希望各位玩家可以更加專重遊戲的進行。」Mr.GM 明顯是告訴光頭男的。

「最後，我奉勸大家不要嘗試強行打開電子鎖，或者胡亂輸入錯誤的密碼，不然的話安裝在大家肚子裡的小禮物，就會穿膛破肚而出，哈哈哈哈哈。」

「我手上有五張黑卡，順利的話大家都可以得到每人一張，然後退出這個遊戲，返回你們的正常生活。若遊戲過程中有玩家不幸手殘按錯密碼的話，開出來的黑卡便會根據名次的先後分配給各位。使用一張黑卡可以永遠退出遊戲，手上擁有多於一張黑卡的玩家，除了可以用來挽救其他玩家，更可以交出剩下來的黑卡兌換這種東西！」Mr.GM 先拿出五張黑卡，接下來又拿出一張寫滿了『０』的支票。

「噢……那……」一千萬的支票，足以所有人隨即將注意力從黑卡移開。

「那、那是我的支票啊，混蛋！」光頭男人再次發狂衝向鐵籠邊死命用手猛抓，還試圖將自己從鐵枝之間的隙縫擠出去。

「喔喔，原來是屬於你的嗎？不好意思，在遊戲準備期間不知從哪裡掉出來了，所以我就據為己有了。

「怎麼可以拿別人的東西當作獎品啊！」

「你大可以自己出來領回它啊。」Mr.GM 語氣輕蔑，故意捉弄光頭男。

「看你一副蠢臉，就知道你是個不長腦袋的人。再給你點提示吧，在你們所有人當中，其中一位玩家在之前的遊戲就已經贏取一張黑卡了，是你們的前輩喔。」Mr.GM 晃著手上的支票。

光頭男聽見自己的支票有可能被瞬間取走，立刻怒目掃視我們所有人。幸好我擁有黑卡的事沒有被他看穿，因為根本沒人敢直視他的眼睛。

「就如我剛才所說，遊戲是具有時間性的，時間為三十分鐘，只要過了這個時限，大家就要一輩子困在這裡了。」

所有人都瞬間靜了下來。

「滴答、滴答……遊戲開始！」

各人像警犬一樣在鐵籠內進行地毯式搜索，我假裝在籠內四處走動，實際是想從他們的舉動觀察每個人的特性，由於我是所

有玩家中年紀最輕的，應該沒人意料到我就是擁有黑卡的人吧。

人們總愛在心底對其他人打分數，靠著外表、年齡、資歷、職級、薪金……從而判斷那個人若是比自己階級高的，還是踩在腳下輕蔑的人。

我跟哭哭啼啼的女生，在其他人眼中，都是最低等的存在吧？！

可是，單論玩遊戲的話，我有自信不會輸給任何人！

光頭男，屬於肌肉發達頭腦簡單的類型。遊戲才開始了三分鐘便滿頭大汗，不時嘟囔抱怨，容易被怒火沖昏頭腦，只要略施小計便會失去理智，是個相當實用的材料。

一開始就哭泣不停的少女，看上去年齡比我大幾年，完全搞不清周圍的狀況，只懂盲目跟隨別人行事，她亦是最容易被忽視的人。

至於其餘的四眼男和搽滿髮蠟的中年男人，則需要再進一步瞭解。光頭男，是我計劃裡最需要的齒輪，只要將他安裝在適當的位置，便能帶動所有齒輪轉動！

我看了看手錶，大約過了十五分鐘，是時候開始行動了。

「各位，這個鐵籠面積不大，加上完全沒有任何阻礙視線的雜物，我想我們一開始就找錯方向了。」我站起來拍拍腰背，提高音量引起所有人注意。

「小朋友你也頗有道理，剛才 Mr.GM 也說是將號碼分開擺放的，沒可能會連一個號碼都找不到。」四眼男擦拭額上的汗珠，推一推眼鏡。

「嘎、嘎……我也沒有找到，其他人呢？」胖子乾脆坐下來休息。

「我裙子的口袋內有個寫著號碼的硬幣。」少女亮出寫著數字「1」號的硬幣，她完全沒打算隱藏自己找到的線索，戇直得很。

「對喔，我們也有！」其他人也急忙摸索自己身上的口袋，放在掌心瞟一眼隨即將號碼藏起來。

「不用藏了，Mr.GM 說過密碼是有時限性的，硬幣不像是我們所找的密碼，大家的號碼是五以下的數字嗎？也許這個只是輸入密碼的次序。」我如此推測，是因為我早就知道密碼「藏」在哪裡，硬幣絕對不是密碼。

「那… 那麼，密碼也許同樣藏在各人身上吧，大家快點找找看。」四眼男急說。

「交易系統，跟我玩線上遊戲的一樣，用途是官方想加強玩家之間的交流。」我說。

「喂喂，小朋友，我們沒時間聽你玩電動遊戲的經驗之談啦。」中年男人眼神輕蔑地看著我，顯然他是注重階級觀念的人。

「我的意思是，以這個角度來推斷的話，密碼絕對不會藏在玩家自己能看得見的地方。所以，遊戲才會要求玩家互相合作齊集密碼。那麼，就算能找到其餘四個密碼，也必須與其他玩家合作，才能獲取「自己」的號碼。交易室也因此才會被建出來的。不然的話，動用武力的話就輕易得到所有密碼了。」我眼球故意瞟向光頭男，繼續在他身上澆油，是我的計劃之一。

「臭小子，你說什麼？！」光頭男氣得頭頂冒煙，像大灰熊般衝向我。

「我說我知道號碼藏在哪兒，也知道這個遊戲的必勝法！」我幽幽地說，光頭男馬上僵住動作。

「哼！別裝神秘了，快說！」光頭男。

「小朋友你就快說嘛，時間無多了。」四眼男抓住我的肩膀使勁搖晃。

儘管著急吧，我要把你們全都引進我的佈局裡。

線上遊戲不是常出現這種情況嗎？眼前出現等級比自己高的怪物，先用戰士型的角色挑釁怪物，當怪物蠢蠢地衝過來時，躲在後面的法師啊弓箭手啊盜賊啊，就一擁而上將它擊斃。

　　「我這個必勝方法，能夠讓所有人都離開這裡！」我故意頓了一下，確保所有人都屏息凝神聽著我的說話，我眼角瞥見光頭男也站在遠處偷聽，很好，他便是我要挑釁的怪物。

　　「我先說密碼藏在哪裡吧，藏在身體上而玩家又看不見的，除了背脊、頭顱之外就只剩下舌頭了。Mr.GM 大概使用了某種特殊藥水，過一段時間藥水就會在口腔裡消失。」我說畢，大家都趕緊用手捂住嘴巴，以免失去跟其他人交易的籌碼。

　　「只要我們互相公開自己的密碼，大家就能出去了？」胖子高興得原地彈跳。

　　「公開自己的密碼也視之為交易，所有交易行為必須在交易室內進行！」這麼快便被我揭破底蘊，Mr.GM 顯得相當不悅，大力拍打鐵籠作出警告，說畢又喃喃自語說：「不然我這麼辛苦建造這個交易室幹嗎啊真是的！」。

　　「可是，交易室只能容納兩個人，若果有人故意亂說密碼的話豈不是大件事了？總不能排除有人為了拿支票而……」搽滿髮蠟的中年男人欲言又止，似乎很在意用黑卡來換支票的事。

「但反過來說，我們也可以利用交易室來保障大家的安全啊。」

「幹嗎說這種事啊，人命比起金錢更加重要吧？一起離開不是更好嗎？」四眼男說。

「支票本來就是我的，就算要我殺人，我都要取回來！況且……別跟我裝熟了，我根本不認識你們。」光頭男人劈頭就反駁。

「放心，我能確保所有人都在同一時間知道五位密碼，絕對不會有偷跑的機會。剛才 Mr.GM 也說過，在鐵籠內是嚴禁使用武力的，大家別忘了各人的體內很有可能被裝置了小型炸彈啊……」

「小朋友啊，已經沒時間了，快點將你所謂的必勝法告訴我們吧。」四眼男看看錶，大家看起來都心急如焚。

「好，大家仔細聽著。首先由我進入交易室，然後你們其中三個人輪流跟我進行交易。交易內容就是公開對方舌頭上的密碼跟硬幣上的次序。最後得出的結果，就是我能夠知道自己的密碼之餘，還能知道其餘三個密碼。由於我自己的密碼是經由三個人交易得來的，如果其中一人說的是不一樣的答案，那就表示那個人說謊了。」

「沒錯，當我跟三個人交易完成之後，便輪到另一個人進入交易室，跟著我的作法一樣其餘三人交易。」

「我明白了，因為分別跟三個不同的人交易，所以便能防止任何一個人撒謊！」少女的理解能力慢了半拍。

「到最後我們當中便有四個人都知道四個密碼和次序了！那剩下來的那個人呢？」四眼男。

「剩下那個人也一樣，輪流跟我們四個人交易。到最後，所有人都能在同一時間知道五個密碼解開電子鎖了。」

「你這個辦法真不錯！這樣大家都可以離開了！」四眼男還真把我當成小朋友，竟然摸我的頭以示讚賞。

「這個方法不行！剛才 Mr.GM 也說過，我們當中已經有人擁有黑卡了，大家都出去之後，他豈不是能用黑卡換取我的支票嗎？」光頭男還是只在意他的巨額支票。

「實不相瞞，擁有黑卡的人正是我。但我只想大家都能安全離開，若然你不放心的話，我把黑卡交出來好了。」我從口袋裡掏出黑卡，大家都露出訝異的神情。

「很好！黑卡交給我保管！」光頭男想搶走我手上的黑卡，我趕緊將它收起來。

「我是為了大家能離開，才願意把黑卡交出來，若果你用來換回自己的支票，我是不會交給你的。就當我剛才說的計劃不可行吧。」我撇過頭假裝鬧脾氣。

「小朋友啊，現在不是鬧脾氣的時候，這樣下去大家都會死。」中年男人勸道。

很好，大家都將我當成是「因為喜歡玩電動遊戲，才碰巧想到解決辦法」的小孩。

反而沒人去思考「為何一個小孩會擁有黑卡，還有為何擁有黑卡也不用來退出遊戲」。

「交給我吧。」此時少女突然站出來，大家都怔住了。

「妳……？」四眼男。

「我是這裡最弱的，待大家都離開鐵籠之後，如果我用黑卡來兌換支票，你們任誰一個都可以從我手上搶回來吧？不過，遊戲完了之後我會將黑卡還給他。」少女說話時全身都在顫抖。

「好、好吧……」大家只好無奈接受。

「黑卡就交給妳。對了，妳叫什麼名字？」

「子琳。」少女從我手上接過黑卡，不知怎的在她身上我找到姊姊的氣味，是因為剛才她逞強的原故吧？

「我叫阿藍。」

「小朋……　阿藍，我們的先後次序應該怎樣分配呢？」四眼男對我說話時的語氣變得完全不一樣。

「我先進去，光頭大叔你就當最後一個吧。」

「混帳！為什麼我總是最後一個，我要先進去！」光頭男二話不說便擅自走入交易室，猛地把門關上。

「……」大家因為害怕光頭男，都不敢作出反抗。

「讓我去說服他，他應該不會向小孩子出手吧。」我二話不說便走進去，有人願意挺身而出，這群所謂的大人當然沒有阻止我。

我踏進交易室，不消一會光頭男便走出來了，他不僅沒有對我施暴，臉上還掛著跟他很不匹配的笑容，一邊拍著自己的禿頭一邊傻笑說：「嘻嘻，就讓你們先吧，我就留到最後一個好了。」

我沒有離開交易室，只是在裡面大喊：「我沒有跟他交易，照原定計劃進行，時間無多，別管什麼次序了，進來吧。」

緊接光頭男進來的是四眼男，然後是中年男人，最後是子琳。

只花了不夠三分鐘，我便得悉了他們三個人的次序和密碼。當然了，我自己的密碼也經過三個人確認過。

　　這個交易方法本來是完美的，除了能讓大家建立互信關係外，還確保不會被背叛或欺騙，所以大家才安心將自己的密碼交出來。

　　但就在那張支票出現之後，這個方法便變質了。

　　用別人的性命，來換取金錢的惡魔交易。

　　我步出交易室，大家都一臉滿足對著我報以感激的笑容，中年男人還激動得衝過來跟我擁抱起來，說很快就可以回家跟妻子見面了。所有人看起來都坦誠相對，但這種「互信」著實有夠假惺惺的。必須在一個「毫無隙縫」的保障底下，才敢與別人建立互相信任，還能稱得上是信任嗎？

　　再者，他們剛剛在交易室裡，當我提出惡魔交易時的嘴臉，簡直虛偽得令人作嘔。

　　從小到大，我就不知看過多少次這種戴著虛偽面具的大人了。

　　「阿藍，第二個打算由誰進去跟大家交易呢？嘻嘻，我可沒所謂啊，現在我只想快點回家親親老婆的臉頰。」中年男人臉上流露出幸福的表情。

　　噴，你心裡想的不是老婆的臉，而是那張支票吧？！

　　「我也沒所謂……」我冷冷回應，不理眾人的目光邁步走向電子鎖。

「你、你想幹嗎？不是沒時間了嗎？我們要趕快交易了。」四眼男對我的行為無法理解。

「你說得沒錯，時間無多，我先走了。」我輕輕點頭表示道謝，然後用身體遮蔽著，按下電子鎖的密碼。

「喂，小朋友！你別亂來啊！我們都還沒知道第五個密碼吧……？」四眼男的眼睛瞪大。剛才他稱呼我做阿藍，現在又變回小朋友了……

「那是你們的事，我已經知道了。」我說完，大家都望向光頭男人，以為是他私下洩露了密碼給我。

「小鬼！你在說什麼？！剛才在交易室我明明就沒跟你交易過，只是跟你約好了……呃！」光頭男只說到一半便捂住嘴巴。他那副不慎將秘密說漏嘴的樣子，真是笨得可以。

「對啊，我是沒有跟你交易，只是約好了……若果你肯做最後一個的話。當你進入交易室後，我會主動第一個衝進房間，然後在交易房裡偷偷將所有人的密碼都告訴你，讓你率先知道所有人的密碼。之後……」

「夠了！別說！」光頭男手忙腳亂想捂住我的嘴巴。

「之後你便可以自己逃出去，把其他人活活困死在裡面，用他

們的黑卡來換回你的支票。」我說的都真有其事，所以光頭男無法反駁。

「喂喂……小朋友，你說的是真的嗎？」中年男人的笑容瞬間塌了下來消失得無影無蹤。

「眾多玩家之中，只有你那顆動不動就被憤怒衝昏的腦袋才會相信這種約定。其實，多虧你在遊戲開始前你像猩猩般放盡喉嚨大吼大叫時，我才察覺到你舌頭上印有密碼。大家都專注在籠裡四處尋找密碼，一定沒有注意到吧？！

「那、那、那麼次序呢？我把它藏在褲襠裡了！」光頭男。

「你白痴啊？！我第一輪的交易已經知道四個人的次序了，難道剩下來的你會有其他答案嗎？」

「呃、呃……」大家都面面雙覷，瞠目結舌，完全是我意料中的場面。

「那麼阿藍你所說的必勝法……」四眼男的眼鏡掉了一半。

「當然是為了確保自己第一名的地位了。」我聳聳背。

「咔喇」一聲，電子鎖應聲打開，所有人的表情瞬間變得灰白。我慢條斯理像從家裡出門一樣步出籠外，鐵籠隨即自動關上，電

子鎖也「咔」一聲回復封鎖狀態。撇頭一看，籠內的氣氛好像被凝結了一樣，所有人都僵在原地。

「戳、戳、戳戳……」Mr.GM 不知從哪裡拿出樹枝，在鐵籠外重覆地刺著光頭男的鼻孔。口裡嘖嘖稱奇地說：「真的不動嗎？真的不動嗎？」秒針還興奮得上下跳動，真是喜形於色的時鐘啊……

「不是說好……大家一起離開嗎？」少女掳著臉哽咽，其他人像被尖刺中心臟般猛凜一下，可是很快又沉默不語。

良久，籠內除了發出不悅咋舌的光頭男外，其他人都一言不發。

因為除了光頭男外，其他人都各懷鬼胎。

四眼男跟中年男人都是比較會冷靜思考的類型，但是思考的範疇只限單向，以「如何不被背叛」、「害怕回報比其他人少」為大前提，只要攤出一個貌似公平的方案，再假意作出些微犧牲，他們便會一頭栽進自己付出較少，卻能獲得公平回報的憧憬之中。其他細節和漏洞他們只會視而不見。

大人全都是這樣！

可是沒關係，我會將你們依附在臉皮的虛假面具逐一撕下來。

「啊啊啊啊啊啊啊啊啊啊！你們這群白痴，全都被那小鬼騙了！我不管了，現在這裡由我作主！」光頭男將名為理性的線扯斷，打算用暴力支配遊戲，一手揪住四眼男的衣領將他拽進交易室。

「喂喂！等等！這遊戲不准使用暴力吧？！」四眼男向Mr.GM求救。

「可是……看大猩猩發怒很有趣……」Mr.GM裝作苦惱，頭部發出齒輪卡住的聲響。

隔了不到數十秒時間，四眼男的眼鏡破裂了，臉上腫了一大包走出來。

「下一個！你！給我進來！」中年男人看了看四眼男，然後趕緊退到鐵籠邊緣，可是不消一會就被光頭男整個抬起，扔進交易室內。

「喀喀喀喀喀喀喀……」Mr.GM發出詭異的笑聲，那應該是笑聲吧？！

這次所耗的時間比四眼男更少，不到十秒中年男人便走出來了，他的臉上不見有任何傷痕，看來是他不想跟四眼男同一下場，很快就交出自己的號碼了。

剩下來的子琳就簡單得多，她已經被嚇得不停飆出眼淚了，只要略為大聲喝罵，密碼就很順利到手了。所有人都臉如死灰地斬斷連繫著自己性命的救生索。光頭男一臉滿足地步出交易室，走向電子鎖門前。

四眼男跟中年男人屏息以待看著……

「果然還是武力最實際啊。」光頭男拍拍自己的二頭肌。

四眼男跟中年男人依舊保持沉默……

「小子，你竟敢欺騙本大爺，要逃就趁現在了，我出來後肯定將你煎皮拆骨！」光頭男像野獸般向我齜牙咧嘴。

我沒有逃跑的打算，站在原地冷眼旁觀……

光頭男在電子鎖按下密碼，他天真地以為可以用暴力解決所有問題，憤怒使他喪失了理智，也忘記了這個遊戲的本質。我想這一次的教罰，足以讓他畢生難忘。

這個遊戲的本質是……出賣！

「嗶嗶嗶嗶嗶嗶嗶嗶……」電子鎖發出怪叫，跟我剛才按密碼後聲音不一樣。

「很可惜啊光頭先生，你的密碼錯了！不過啊，你在遊戲途中使用暴力，本來就是犯規了，就算你按對密碼出來，我還是會懲罰你。」Mr.GM 裝作惋惜地說。

「怎可能……」光頭男回頭，以不解的眼神，望向四眼男和中年男人。

他不理解，兩人的表情就宛如鑿了「活該！」兩個字。

到底是哪裡出錯了？

然而，他肚內的「寶貝」沒有給予他思考的機會……

「啵！」

骨骼、肌肉、脂肪、血液，通通混雜在一起爆破的聲音。

我一輩子也不會忘記這種毛骨悚然的聲響。

光頭男全身肌肉緊繃，身體猛地跳動了一下，然後瞬間脫力往後躺在地上，不知該如何形容的混合物噴濺得到處都是。是在向其他人的示威嗎？光頭男的死相毫不保留地展露在人前，眼球因內部壓力而完全充血，嘴巴極限張開冒出焦煙，從籠外也能嗅到詭異的臭味，沒人想去瞭解這種氣味的成分，所有大家都搗住鼻子。

唯獨一人⋯⋯

他不能算是人⋯⋯

Mr.GM 伸直了脖頸，鐘面的時、分、秒針瘋狂地轉動，慢步走向飛彈到籠外的肉碎旁。

蹲下，注視。

放在食指跟姆指之間，一開一合，試圖去分折它的黏性。

「我在今次的懲罰上花了不少心血，在大家肚子裡的是一個滿載腐蝕液體的膠囊，當電子鎖的密碼錯誤，膠囊就會引爆，玩家的內臟會在一瞬間腐蝕得亂七八糟，釋放出來的有毒氣體會爆開肚皮。因為爆破的衝擊力，腐蝕液體會從氣管衝上口腔，順勢將舌頭溶掉，也說是說，密碼沒有了啦！」Mr.GM 緊握雙拳，不知在亢奮什麼個勁。

「噫嗚⋯⋯你這個殺人兇手！」中年男人使勁地乾咳嘔吐。

「別說我沒有提醒你，嘔吐物跟胃液都有可能將膠囊溶掉唷。」Mr.GM 拍拍肚子。

「唔⋯⋯」四眼男捂住嘴巴抑制嘔意。

跟玩線上遊戲完全不同！

眼前死去的是活生生的人！

心臟被壓縮得快要破裂，令人窒息的壓逼感從四方八面襲來，我制止不了全身都在猛烈顫抖。情況就跟在魚缸的時候一樣，再有人在我面前喪失性命，他們都有各自的生活、有各自的家庭、有各自生存的理由……

再這樣下去，會有更多人死亡，這是不可避免發生的事……

要繼續下去嗎？我能夠支撐到那一刻嗎？

「阿藍，姊姊活得好辛苦……或許有一日，姊姊會在阿藍面前消失……」驀地，姊姊的聲音在腦海中清澈響起。從前，姊姊不時會在睡房偷偷抽泣，因為父母對她異常嚴厲。

「都是我不好，我不用功讀書，媽媽才會對姊姊這麼嚴格……」

「傻瓜，與其當個好孩子，我更希望你能快快樂樂啊……」

回憶片段佔據了視線……

「旅行就這樣定了，放心吧，我會跟老婆說出去工幹。」父親常常半夜在客廳偷偷講電話。

「阿藍！還不趕快去睡！」我半夜扎醒想去洗手間時聽到了。

繼續回放……

「這個小孩，每天都待在學校到夜晚，聽說他的父親都在外面亂搞，母親一直忙著工作，本來就想打掉這個兒子，真可憐……」我在班房裡看書，聽見老師在走廊竊竊私語。

這種閒言閒語，媽媽全都知道。她總是對著老師笑逐顏開，還鞠躬感謝他們照顧留在學校的我，看似對八卦毫不在乎。

可是回家後，她卻對姊姊施暴發洩！

突然，腦海掠過一個畫面……

「阿藍，替我報仇！」在水底裡，姊姊最後對我說的一句話。

回放結束！

「夠了！你們還是覺得，金錢比人命更重要嗎？」我對著籠裡大吼。

「…………」四眼男跟中年男人都低著頭，無法反駁。

「當初只有我知道密碼藏在舌頭上，但我想盡辦法讓全部人活

著離開。你們得救了，不夠！大人們都愛錢，我很理解。那張支票本來可以平分啊，但你們不滿意！還一心想著要獨吞！在交易室裡我暗地裡向各人提出的提議，就是為了試試一下你們有多貪得無厭！」

「喔？」Mr.GM 站起來，將手上把玩了很久的肉屑直接抹在衣服上。

「從你們答應我的提議的那一刻，我就獨攬你們的生死大權。」我怒得咬牙切齒。

「喂，小朋友，你說話別太過分啊。雖然光頭男已經死了，但我們所有人都跟他交易過，我們只靠三個人也能離開鐵籠吧？！」中年男人胡亂地搔了搔頭，又將充滿頭油的頭髮向後梳，典型的逞強表現。

「都忘了嗎？剛才在交易室裡，你們『為了得到那張支票』而答應了我的建議喔，現在還裝什麼好人？」

「你這個卑鄙小人！」四眼男像想起了什麼似的，指著中年男人喝罵。

「放屁！你不是也一樣答應他了嗎？」中年男人反駁。

「你們都……我還以為大家都會遵守約定，一起離開這裡……？」子琳難以置信地望向四眼男跟中年男人。

「當然，每個人都想離開這個鬼遊戲，只想活命。但是，從那張支票出現後，大家就變得貪得無厭。我就是為了測試你們會否為這麼一點點的金錢，願意出賣其他人的性命。也許光頭男說得對，我們都素未謀面，根本談不上任何信任吧。所以，我才出此下策，私下跟你們提出交換硬幣的建議。」

「可以解釋一下交換硬幣是什麼東東嗎？」Mr.GM 的鐘面上的針開始精神錯亂般跳動。

問得好啊，就讓我來撕破你們的假面具吧！

「我向其他人提出了跟光頭男不一樣的交易，內容是『在互相交換密碼後，再暗地裡交換代表輸入次序的硬幣，而正確的次序只有我跟你知道。其他人不知道我們的交易，所以會按到次序錯誤的密碼，只有我們兩個人可以順利離開，拿走支票。』

「但你們三人當中，只有子琳一個斬釘截鐵地拒絕了。」我指著子琳。

「嗚嗚，怎麼會有人答應這種請求的，大家活著離開不是更好嗎……？」子琳從頭到尾都沒想過私吞支票的事，在交易室裡劈頭就說：「支票是別人的，怎麼可以拿別人的東西。」

「原來一切都是你的詭計！卑鄙！」中年男人激動得衝向鐵籠伸手猛抓。

「我卑鄙？你們明明就知道自己拿著的是別人的次序硬幣，卻沒人告訴被怒火衝昏頭腦的光頭男，任由他被炸死了，難道這樣就不算卑鄙嗎？」

「在你們嘲笑別人的同時，自己都一樣是被利益沖昏頭腦的偽善者！」我走前去籠邊冷冷地說。

「先冷靜下來吧，我們還有方法逃出去的！可是，這次不能再有半點差錯了！」四眼男脫掉眼眼鏡，用上衣抹掉臉上的汗珠。

「還有方法？是什麼方法？快說啊。」中年男人明顯已經不能冷靜下來。

「現在我們只好合作逃出去，舌頭上的密碼只要不搞花樣的話，互相交易就沒問題了。問題就只剩下大家手上的次序都混亂了，但是你應該記得自己本來的硬幣次序吧？」四眼男。

「當然記得啊！」中年男人猛點頭。

「這樣就行了！我們都記得自己的號碼，我原本的號碼是『５』，我是第一個跟阿藍交易的，所以我現在手上的硬幣就是阿藍原先的硬幣了。」四眼男。

「那女孩是『１』號，我是『４』號，你原先的是『５』……還有你手上的『２』……對喔！那就齊集四個硬幣了！我們可以

知道正確的密碼了！」中年男人高興得手舞足蹈。

「哈哈哈哈哈，你們真的，哈哈哈，太蠢了！」我聽見四眼男自以為是的推理，笑得彎下腰。

「你說什麼？！」四眼男。

「忘了嗎？我跟你們交易之前，曾因為勸阻光頭男搶先進入交易室，我跟他才是最先交易的人喔！」

「莫非你跟光頭男也交換了硬幣？」中年男人目瞪口呆地回憶起最初我跟光頭男走進交易室的情景。

「所以，只有兩個可能性吧，剛好你們兩個人，每人試一個就可以了。」

「……」四眼男低頭望著從我手上換過來，那個不知道是我還是光頭男的硬幣躊躇著。

猜錯了，便會像光頭男一樣肚子開洞了！

「不過，我已經將真正的答案告訴她了。」我用眼神指向一直低著頭的子琳。在我跟她交易時，她一口回絕了我交換硬幣的建議，我便將所有人的次序告訴她了。

「你們……把別人性命當成什麼？」子琳的聲音小得像蚊子掠過耳邊，但卻非常堅定。

「我們只是一時情急才……我跟妳道歉，好嗎？」中年男人誠懇哀求。

「本來，是可以五個人逃出去的……」子琳的答覆非常明顯。

「妳、妳別太過分，在交易室就可以使用暴力了吧？！剛才光頭男也是這樣！給我進來！」中年男人作出最後反撲，一手扯住子琳的頭髮。

死性不改！

「請問，在任何情況下使用黑卡的話，都可以退出遊戲嗎？」我大聲詢問 Mr.GM。

「喔喔，是啊，就算在遊戲途中，只要將黑卡折斷，就可以立即回家了。」

「咦？！喂！等一下……」四眼男正想衝上前阻止。

中年男人用手扯動著的重量突然消失了，髮絲繚繞在指縫間的觸感也像是幻覺一樣。

子琳折斷黑卡離開了……

「可惡！怎麼會變成這樣！」四眼男把眼鏡脫下來，忿恨地砸在地上。中年男人乾脆整個人軟癱在地上。

看著他們絕望的臉，我想起一個傳說。

很久以前，地球上沒有食物，所有生物都快要餓死了。於是，上帝大發慈悲給予每個生命足夠他們一輩子的食物，讓他們可以繼續在地球上生存。

幾日後，大家都恢復體力，向上帝感恩。

一星期後，人類開始搶奪別人的食物，並殺害同伴。

一個月後，地球上只剩少量人類，上帝知道後大發雷霆，將人類的食物全數收起。

於是……他們開始團結起來殺害其他動物！

這，便是人類的貪婪。

「大叔你真夠運，使用暴力是犯規的行為，你應該慶幸那個女孩提早離開，不然你就要受懲罰囉。畢竟這個也是公平、公正、非暴力的遊戲嘛。」慶幸？中年男人的臉上完全感受不到這種喜悅。

籠裡只剩下兩個一臉茫然的人，一具屍體⋯⋯

子琳已經離開，除了我和光頭男之外，沒人跟她交易過。

死局，遊戲結束！

「遊戲結束了！恭喜你！你可以獲得全數黑卡。你可以消滅黑卡來永遠退出這個遊戲，從此以後一切跟遊戲有關都會從你生命中消失。但我的建議是，將黑卡保留下來，當你知道黑卡的真正用途，你會感謝我這個提議的。」Mr.GM 鐘面上的秒針回復正常跳動。

「我會保留它。」我接過五張黑卡。

「嘟呵！勇氣可嘉喔，很好很好！對了，這張支票，就送給你作為獎勵吧，反正鬧鐘是不需要花錢的，嘻嘻。」

我接過支票，瞟都沒瞟一眼，轉過頭走向鐵籠，四眼男跟中年男人看我走過來抬起了頭。

「這是你們為了得到它而不惜殺人的寶物，現在⋯⋯送給你！」我將支票扔進籠內，可是他們兩人都只軟癱在地上，完全沒打算去拾起它。

「真是抱歉呢，這次遊戲會很無聊嗎？下一次，我會為你準備

適合你的對手和遊戲……」Mr.GM 的聲音由遠至近，宛如把裝進聲音的空氣壓縮成一顆子彈，飛快地穿透頭蓋骨，直接在腦中爆開。

我猛地回頭想尋找 Mr.GM 的蹤影，可是眼睛無論如何都無法聚焦，鮮明厚實的景物輪廓變得沒有真實感，先是由立體變得平面，然後距離感蕩然無存，最後物體的形態崩壞，化成一團虛幻的煙霧。

腳底踩踏著的實在感也瞬間變得懸空，我嚇了一跳地再次睜大雙目。

周圍的景物都散發出熟悉的氣味……

我回到了自己的房間。

我站起來伸展手腳，窗外的陽光穿過窗戶透進屋內，稍微直視光線，後眼窩腫痛，頭腦也有點昏沉，大概是被麻醉的副作用？一切都如常，彷彿昨晚只是場惡夢一樣，但對我來說，這種安逸的生活才是虛假的存在。太陽的溫熱使我感覺稍為舒暢起來，於是我草草換了件衣服，便打算外出走走。

才逛晃了不久，眼前出現了一個熟悉的身影，定睛看清她的臉孔…… 是子琳！沒想到可以再一次遇見她，子琳迎面向我走過來，身上穿著有點眼熟的校服，正埋頭苦幹在手上的書本上，一整個都很適合她的個性。不過說起來，昨晚一直哭哭啼啼的她，還恢復得真快啊。

她剛好走到我的面前。

「嗨……昨晚，對不起……」為什麼要道歉呢？我不知道，但不自覺就脫口說出來了。

「咦？」子琳一臉愕然，視線從書本移開看著我。

「呃、呃……真好啊，以後妳就不會再遇到這麼恐怖的事了。」

「我……認識你嗎？」子琳。

「吓？」

「你認錯人了。」子琳向我微笑，然後繼續看著書離開。

是因為不想憶起慘痛回憶，所以裝作不認識我嗎？不⋯⋯子琳剛才的表情不像是裝出來的，雖然相處時間不久，但我肯定她不曉得這種管理表情的偽裝。

我一直看著子琳的背影漸漸遠去，她一直沒有回頭，連偷瞟一下都沒有，彷彿真的只是跟一個誤認她的陌生人寒暄幾句一樣。

是令記憶錯亂的藥嗎？她真的完全把整個遊戲都忘了？到底Mr.GM 對子琳的記憶做了什麼手腳？Mr.GM 一定沒料到我會巧遇子琳，也許能從子琳身上查出有關 Mr.GM 的線索，為了替姊姊報仇，我覺得有必要查清楚。

於是，我決定一直跟蹤她。

尾隨子琳拐了幾個彎，橫過天橋，鑽進小巷，不止街道沒有給我陌生的感覺，甚至連子琳的背影也跟某個親切的身影重疊了。我不斷在記憶庫中摸索，最後浮現出一個我熟悉的人。

姊姊！

可是，子琳是長髮的，姊姊則是清爽及肩短髮，性格更加是

截然不同。我繼續從子琳身上尋找原因，當跟著她走到了一個十字路口，我便記起來了。

「噢！」我禁不住叫了一聲，天下間竟會有這種巧合，子琳穿著的，是跟姊姊一樣的校服！

真的是巧合嗎？還是 Mr.GM 是故意找跟姊姊有關的子琳進行遊戲的嗎？腦海浮現出各種可能性，我相信一直跟著子琳便能得出答案，或許學校裡會有其他玩家的消息，儘管他們全都在遊戲中死了……

我整天都沉迷在電動遊戲，學業方面父母早就對我放棄期望了。所以我不能入讀跟姊姊同一間學校。而且，一直我從來都沒到過她的學校，對我來說學校本來就是個沉悶的地方，令姊姊考出這麼優異成績的地方，一定更加乏味可陳了。

不過為了方便照顧我，我的學校離姊姊的不遠，剛才的十字便是每天放學後我與她約好相遇的地方了。姊姊一切在學校裡發生的事，都只是回家途中聽說回來而已。

很快便來到學校門外，四周圍都是其他學生，為免被發現我走進一間便利店裡，透過玻璃偷偷觀察。還記得姊姊曾對我嚷著說，她的班房在學校的最頂層，離洗手間最接近的班房，每天上學都要走很多層樓梯才能到達班房，午飯過後班房還會聞到洗手間傳出的陣陣臭味，她不斷祈禱一年快點過去，升班後可以換別

的班房。

可是，她並沒能等到那一天的來臨……

子琳隱沒在操場的人群堆中，看來只能等放學再算了。我開始本能地尋找姊姊的班房，最接近洗手間的，一定是最近兩端樓梯的其中一個吧，我慢慢從地面移動視線，最後焦點停在頂層最左邊的一個黑點上。

黑點？！

我揉揉眼睛，用力眨眼，再望望天空，再回望頂層的班房。

那個班房的影像就像被人抹掉了一樣，黑了一片！

不對勁！不合邏輯！

我立刻又回想起來，在遊戲中，Mr.GM 不知用了何種戲法，在子琳將黑卡折成兩截的剎那間，她就憑空消失了，完全沒有「從有到無」的過程，只在一眨眼之間消失了。雖然我站在籠外，但絕不可能看漏眼，中年男人訝異的表情就正好引證了這一點。

子琳就像從來沒有參與過遊戲一樣！

正如 Mr.GM 所說的，「完全退出」！

　　反過來思考的話，問題並不是出在子琳身上，也許腦袋有問題的人，是我！

　　不過，姊姊的班房又是什麼一回事呢？

GAME
—— 電 子 鎖 ——

RULE.1　　玩家需在鐵籠內尋找五位數字的密碼與輸入次序。

RULE.2　　成功輸入密碼，玩家將可離開並視為勝出遊戲。

RULE.3　　一旦輸入錯誤，玩家肚子裡的炸彈將會爆炸。

RULE.4　　鐵籠附有交易室，每次供兩名玩家進入並進行私隱交易，
　　　　　　　交易內容不受限制。

RULE.5　　鐵籠範圍內不得使用暴力，交易室除外。

——— GATHERED 集結 ———

───── 阿藍 ─────

「小兄弟、小兄弟……沒事吧？」

我被一把陌生的聲音叫醒，我正想開口回應，卻發現喉嚨乾涸得說不出話來。好不容易才能挪動雙手，正想撐起身子，嘗試了好幾次都失敗，身體變得異常沉重。

身旁叫醒我的人知道我想坐起來，於是用手在背後扶我一把。儘管要保持上半身平衡不再躺下來也非常勉強，但我還是轉向他點頭道謝。

叫醒我的，是一個老人家，和年紀比我還小的小孩子。

「這裡是什麼地方？」在不遠處另一個人也醒過來了，撇頭一看，是個穿著性感的女生。

我本能地環視四周，這次的空間比以往狹窄很多，四邊都被鐵板封閉。我仰望天花，依舊是那個燈光昏暗的貨倉，大概是因為遊戲所需，才將玩家聚集在一個較細小的空間而已。

在各人前方有三個用鐵板連接而成的房間，看起來就像商場或學校的洗手間般三個平列在一起。所有門都是關上的，面向著我們有三個普通像門一樣的把手。

「爺爺⋯⋯我想回家⋯⋯」小孩的年齡大約只有六、七歲，當然會被陌生的環境嚇怕。

「乖，爺爺很快就帶你出去。」

「我們⋯⋯都會死吧？」仔細看清楚，那女生不只衣著性感，還要濃妝艷抹，雙眼完全看不到求生意欲。

老伯不斷安撫眼眶滿是淚水的孫兒，摸著小孩頭顱的手卻顫抖個不停。我回想起第一次參與這個遊戲時，姊姊也是一樣逞強著安慰我。

姊姊⋯⋯我⋯⋯跟姊姊同一學校的子琳⋯⋯老伯和孫兒⋯⋯

難道玩家之間全都有著某種連繫的嗎？

此外，我的身體到底發生什麼事，四肢乏力，胃部像被不斷榨壓，胃液不斷地從食道湧上喉頭。

「請⋯⋯問⋯⋯」我拉扯著老伯的衣袖，勉強擠出疑問。若果能知道玩家之間的關係，或許就能被 Mr.GM 抓進遊戲前先一步預防。

「滴答、滴答⋯⋯ 現在是晚上八時四十五分。大家好，為你們報時的是遊戲的主持人，大家可以稱呼我 Mr.GM。」可惡，剛

好在這個時候 Mr.GM 開始講話。

　　圍著我們的四塊鐵板是沒有出口的，所以 Mr.GM 並沒有出現在我們眼前。他的聲音在貨倉四方八面傳來，大概是用了第一次遊戲的擴音器吧。

　　才剛說完，遠處便傳來此起彼落的喧嚷和咒罵。原來貨倉裡還有其他玩家，從聲音猜測為數不少，鐵板的作用是將某個數量的玩家分隔開，看來這次的遊戲需要分組進行。

　　「接下來，讓我講解遊戲的玩法。」照慣例，Mr.GM 沒打算理會。

　　可是……這次的玩家人數太多，咒罵聲不減反增，還傳出有人敲打鐵板的聲響。

　　「哎呀真麻煩……」Mr.GM 低喃，又說：「遊戲輸了的話，大家都會死！不相信的話，我只好證明一下。」

　　「啊啊啊啊啊啊啊啊啊啊啊！」觸電的慘叫聲遮蔽了所有人的叫囂，數十秒後才停止下來。沒多久還傳出一陣燒焦的味道。

　　所有人在一瞬間靜止下來，敲打鐵板的也乖乖停下來了。

　　「明白了嗎？大家身處的房間的四邊牆，都是接通了高壓電流

的鐵板。所以我請大家不要隨便破壞了。」看來剛才被電死的就是搥打鐵板的倒楣鬼了。

「所以，直接開始遊戲也是可以的……」Mr.GM 似乎有點惱怒。

「請……請告訴我們遊戲的規則……」隔著鐵板遠處有人畏怯地問。

「大聲點！！」Mr.GM 突然咆吼，站在我旁邊的小孩瞬間大哭起來，老伯怕會惹怒 Mr.GM，所以搗住他的嘴巴。

「小朋友，你叫什麼名字？」我靠過去，喉嚨開始漸漸恢復過來。

「小良……」小孩哽咽。

「我叫阿藍，別哭了，只是玩遊戲而已。論玩遊戲，大人才不及我們呢。」我輕拍他的肩膀。

「對……跟爺爺玩我每次都贏，嘻嘻。」老伯搔搔頭，小良噗一聲笑起來。

「謝謝。」老伯向我道謝。

　　我只是點了點頭，指一指上方示意仔細聽 Mr.GM 的遊戲玩法講解。

　　「求求你，Mr.GM 大人，請你講解一下遊戲的玩法吧……」不難猜測，求饒的那個人是跟敲打鐵板被電死的倒楣鬼身處同一個房間。

　　「唔，別以為你這樣求我，我就會高興……嘿嘿嘿嘿。」顯而易見，他在高興……

　　「接下來的遊戲是『救救人質大行動』。在大家面前有三個房間，其中一個房間有等待被救援的人質，人質的情況岌岌可危，他的雙手、雙腳、嘴巴、耳朵、眼睛通通都被封住，只剩鼻孔可以倖免，不然要怎樣呼吸啊嘻嘻嘻……。咳，人質正站在一塊可以……呵呵呵……站立在上面的冰塊……嘻嘻……等等！」Mr.GM 突然憋住呼吸。

　　「噗哈哈哈哈哈哈哈哈！鼻孔！！哈哈哈哈哈！倖免！哈哈哈哈哈！太好笑了。」

　　「呼……對！他正站在一塊只足以容納他自己站上去的冰塊上，房間的頂部懸吊著一條鐵索圈住人質的脖頸。所以若果大家再不將他救出來的話，冰塊便會慢慢溶掉，他就會被吊死了。」

　　「可是啊，大家作為救援小隊，也不能貿貿然打開門的，因為

在沒有人質的其餘兩個房間，門把都裝上了機關，啟動後高壓電流便會沿著鐵索將人質電得呱呱叫，所以到最後人質會被電死還是被吊死呢還是未知之數，大家要慎重選擇囉。」

「玩家只要在人質死亡前猜出人質所在的房間，救援小隊全體人員和人質都會被判定為勝出遊戲。相反，若玩家猜出房間之前，人質就撐不住先死掉，救援小隊便會判定為任務失敗。敗方會受到懲罰，我會在外圍將四邊鐵牆推倒，雖然鐵牆的重量不至於將玩家壓死，但我會啟動剛才大家也見識過的電流，大家都會變成香噴噴的焦炭喔。」

「現在，我會提供一個有助大家推理的線索。聽好了！選擇哪一個房間，是人質自己的決定，而我剛才所提到的冰塊，也是人質親手搬進房間裡。當他選定房間站上冰塊後，我才將他的頸子圈在鐵索內，最後將他綑綁好，剩下……鼻孔！嘆！嘿嘿嘿嘿……」

「好了，講解完畢。」

「滴答、滴答……遊戲開始！」

「！」我肯定沒有少聽任何一句，剛才 Mr.GM 並沒有說有關黑卡的事。我望向與我同房的老伯、小良和一直發愕的女生，他們都沒有為此感到疑惑，看來他們都是第一次參與遊戲，對黑卡的事一無所知。

　　我摸索著口袋從上次遊戲贏回來的五張黑卡，但我還是決定不要主動發問。在未對其他房間的玩家完全瞭解之前，貿然透露自己的身分是愚蠢的行為。

　　「等等！別去碰它！雖說機關在門把，但剛才 Mr.GM 沒說過一定要轉動它才會觸動機關。萬一單單是接近它便會觸發的話就大件事了。」我把湊近去端詳房間門把的老伯和小良叫住。

　　雖說人類的體溫會使冰塊加速溶化，但要使一個站立在上面的人懸空吊死，大約還有十多分鐘的時間，剛才 Mr.GM 所提供的線索，明顯就是知道人質在哪個房間的關鍵。

　　「冰塊……」我環視整個房間的地面，完全沒留下水跡。我小心翼翼走近去三個小房間前，用手輕觸鐵門，三個房間的溫度幾乎沒有差別。

　　「你叫什麼名字？」突然，那女生湊近我的耳邊，氣若柔絲地說。

　　「呃，我叫阿藍。」我被嚇了一跳，慌張地捂住耳朵退開。

　　「嘻嘻，真可愛的名字。我叫小恩，看你的樣子一定沒試過吧？！要不要姐姐幫你？」小恩竟逕自抓緊我的褲襠，用力往下拉。

　　「等等！妳想怎樣！」我將她甩開，並與她保持距離，老伯和

小良都看呆了。

「老頭跟小屁孩根本毫無用處，只要你才能救我離開這裡。我不想死……」女生跪在地上一直爬過來。因為不能接觸四邊的鐵牆，我只好在房間裡一直兜圈。

房間的空間有限，很快我就被她抓住了。

「來吧，你想做多少次都可以！以往都是這樣的，所有男生都一樣，只要我願意和他們做，他們就什麼都答應我了！我不想死！救救我！嗚……」小恩說著說著，便坐在地上放聲痛哭了。

「我一輩子都未曾遇過對我真心的男生，每個都只想得到我的身體。我以為只要凡事都千依百順，日子久了他們便會愛上我。但是……每個男人都將我當成用完即棄的附屬品、垃圾、洩慾工具……在遇到之前真心對待我的男生之前，我不想死……」小恩完全崩潰。

「你不想被人當成洩慾工具，先不要將自己打扮成洩慾工具的樣子吧。」我冷冷地說。

「叮叮叮叮叮叮叮叮叮叮叮叮叮叮叮叮叮叮叮！報告！有一組玩家已經成功了！其他組的玩家要加油囉。」Mr.GM 發出聒噪的時鐘響鬧聲再大聲宣佈。

「？！」怎麼可能？遊戲才開始了幾分鐘。

——— 占士 ———

「滴答、滴答⋯⋯」「滴答、滴答⋯⋯」「滴答、滴答⋯⋯」「滴答、滴答⋯⋯」「滴答、滴答⋯⋯」「滴答、滴答⋯⋯」「滴答、滴答⋯⋯」「滴答、滴答⋯⋯」「滴答、滴答⋯⋯」「滴答、滴答⋯⋯」「滴答、滴答⋯⋯」「滴答、滴答⋯⋯」

房間內，除了地板和天花以外，四面牆壁都掛滿了不同樣式的鬧鐘，一個擠著另一個，有的圓、有的方、有的奇形怪狀，務求要填滿鐘與鐘之間的隙縫，使完全看不見牆壁本身。

每一個時鐘，都以秒為單位有節奏地跳動，發出獨特而單調的微細聲響。可是每一個鐘，顯示的時間都不一樣。

不論怎樣調校，一旦視線離開那個鐘，它便會固執地自動回到它自我感覺良好的時間。

完全不受控制。

或許，時間本來就不是由人類控制的範圍吧。

諷刺地，房間中央坐著一個有掌控癖的怪人。一個從小到大，都被父親控制著的控制狂。

彷彿這個房間是專門出產諷刺荒謬的怪事。除了個性偏執的

鐘、被控制的掌控癖、還躺著一個因大腦缺氧而昏迷的巴西柔術格鬥家，他粗壯的四肢全都以彆扭的角度彎曲，而那個罪魁禍首現在竟絲毫無損地坐在地板上發呆。

占士！

「少爺，這樣下去不行……」一名管家推門進去，看見眼前的情境仍神色自若地把晚餐放在地上。

「他起來我會叫他自己清理。」我盯著某個鐘看，但在線視無法觸及的地方，鐘又逕自將時間調到它自己的步調，我不喜歡這種在我背後偷偷摸摸的行徑。

我甚至有種被背叛的感覺。

「我不是指地上的血，少爺。這個星期已經是第三個了，恐怕不到半年，綜合格鬥界的排名便會因太多選手退休而大撼動。」

「沒人會在意這種排名吧。」管家在我面前放下食物，視線有半秒被遮擋住，那個時鐘又再跳到其他時間了。

「呼…… 他們醒過來後發現自己一輩子都不能正常走路，他們會去報警。若事情再鬧大的話，恐怕不能用金錢去解決了。」

「你的意思是，那個來我家拿掩口費的肥豬警察會突然正義感

大爆發，反過來告發我們嗎？你一定沒看到他看到一大疊錢時雙眼發亮的模樣了。」

「……」管家無言反駁。

「對了，爸爸怎麼樣？」

「總算活過來了，醫生說只要悉心照料便不會有生命危險，可是要醒過來的話，就要等奇蹟出現了。」

「嘿嘿嘿，我真期待這一天呢。」

自從上次遊戲結束後，我的生活便有了很大的轉變，我完全感覺不到有活著的真實感。連管家也說我回來之後從來沒有笑過。

為了準備下一次遊戲的來臨，我每天除了進行體能訓練之外，對個人的健康也非常注重，每天的均衡飲食和良好休眠質素，使我能在下一次遊戲來臨前能養精蓄銳。

但是…… 遊戲一直沒有找我。

漸漸，我失去了無限期等待的耐性，待在一個時間錯亂的房間使我的理性幾近失控，管家曾勸阻過我別再進入這個房間，可是我真的真的很不喜歡在我一不留神便放肆的東西！所以我將訓練全都遷移到時鐘房進行。

遊戲仍然沒有找我。

每天都讓身體在最佳狀況，卻無用武之地，心情難受得很。每朝早醒來都確實感覺到成效，力量從每一吋肌肉滲透出來，頭腦也清澈透亮，思考時暢行無阻。力量在體內一點一滴地累積、混合、重組、擠壓，只是簡單一個呼吸，都能在心肺擴張，鼻腔的深處感受到這些力量的結晶。

才過了一個星期多，忍耐到了極限。

很納悶！

我需要一個發洩的出口！

爆發的那天，我召來三個剛從美國特種部隊退下來，現職保鏢的私人教練，單用了五分鐘，我就被揍得幾近昏迷，裂了三條肋骨，鼻樑大腿肌肉被踹得嚴重撕裂。以弱勝強還要一挑三果然太勉強了，但是很舒暢！

比射精還要痛快。

身體復原到可以郁動的程度，我繼續進行消耗體內能量的運動，手臂動得了便坐在輪椅上打沙包，肋骨接合起來便拐著腿練習鎖技，大腿復原後便跟特種部隊單挑。

　　依舊輸得很慘，可是我身上的傷漸漸移到特種部隊的臉上。每天我都將自己的身體摧殘到除了躺下來呼吸就什麼都做不了的地步。

　　看吧看吧！現在是我最虛弱的時間，快點將我抓去玩遊戲。我一直都這樣想著昏昏睡去，連做夢都祈求自己會在別的地方醒來。

　　人類的構造真的很奇妙，不知過了多久，體內又開始從摧殘過後慢慢凝聚能量。

　　「不！這不是訓練！你想殺死我！」第一個保鏢辭職了。

　　第二個保鏢被我打進深切治療部。

　　第三個，正躺在我的身旁。

　　就在這個時候，來了！房間的時鐘漸漸溶解，我彷彿處於一個正在溶解的雪糕球裡。直到連自己的身體都變成液體，眼皮溶化得黏著視線。

　　再次睜開眼，是個熟悉的天花板、鐵銹味、鋼鐵的冷冽感。

　　「你、你沒事吧？」一個綁著黑人鬃髮，鼻翼、眉角、嘴唇都釘滿小鋼環的青年將我拍醒。

「沒事。」

「你⋯⋯幹嗎一直在笑⋯⋯」

我用手摸索，臉頰兩邊的確多了兩個上勾！

沒錯，就是這種感覺了。

「那個鐘呢？」我左顧右盼，房間裡只有剛才叫醒我的鬈髮青年、一個戴墨鏡穿花色裇衫的男人，和一個全身瑟瑟發抖的小女孩。

「呵呵呵呵，你也是欠了雄爺很多錢才被抓來吧？他這個人嘛，最喜歡裝神秘扮鬼扮馬，相信我吧，沒事的。待會只要跪著求饒就好辦事了，頂多被揍！哈哈哈哈！」衣著品味差勁透頂的墨鏡男像隻搖尾討吃的流浪狗一樣，縮起肩膀地向我說話。

「什麼鐘？」圍著鬈髮青年的地上滿滿是吃完的煙頭。

「遊戲呢！什麼時候開始？」四邊的鐵板高度只有四米多，助跑的話還差一點⋯⋯

「喂！我幫你還錢。」我望著墨鏡男。

「咦？」

「靠在牆邊。」

「幹嗎？」

「我要踩著你跳出去。」

「喂喂，不要這樣好不好，你出去了我們要怎辦啊？」墨鏡男聽見我的提議，馬上從牆邊退開。

「你們再想辦法。」我望著蹲在地上抱著膝蓋的女孩子，她應該勉強可以當個踏板吧。

我像賽跑選手起步般蹲下來，雙手撐著地，就在這個時候，Mr.GM 的聲音從外面傳來。

「滴答、滴答……現在是晚上八時四十五分。大家好，為你們報時的是遊戲的主持人，大家可以稱呼我 Mr.GM。」

我感覺到每一吋細胞都亢奮起來，全身肌肉都在發燙。Mr.GM 開始講解遊戲規則，外面相信同樣是遊戲的玩家紛紛起哄了，旁邊的房間甚至有人拍打鐵板。可是，現在我彷彿像被包裹在一個凝結的空間裡，只能聽見自己快要撐破胸口的心跳聲。

大腿肌肉催谷至極限，再放鬆，調整呼吸……

目標，女孩！一腳踩上去再高高躍起！

笨鐘，我來了！

「啊啊啊啊啊啊啊啊啊啊啊啊啊啊啊啊啊啊啊啊啊啊啊啊！！」忽然，淒慘的叫聲穿透了凝固的空間，打斷了我的思維，周遭恢復正常，外界的聲音又從四方八面貫穿耳膜。

原來圍牆還有高壓電流呢，真走運……

「大哥，你就別太衝動了，這看來不是雄爺的人。」我站起來，墨鏡男拍拍我的肩膀。

他說得沒錯，這明顯是我的疏忽，我竟沒注意到這一點，剛才真是好險呢。

我實在…… 應該再加強行動力才對。

若果剛才沒有遲疑不決的話，將墨鏡男踹向牆邊再踩著他起跳，我一早就翻過牆跳出去了，都怪我不夠快，被多餘的思維擾亂了。

我作了幾次到底的深呼吸，使腦海處於一片空白狀態，不作無謂的思考，將所有行動的決策權交由這副身軀去負責。

Mr.GM 一直講解遊戲的規則，玩法大概就是要猜對哪個房間裡面有人，若然打開錯誤的門，便會像剛才那樣將裡面的人質電死。

只要猜對了之後…… 便能勝出嗎？

太簡單了吧？

「到底哪個房間才對啊？」我大步走近三個房間面前，鬈髮青年正湊前去想從門把的匙孔中窺視裡面的狀況。

「……」最後，我站在中間的房間面前，手握著門把。

「喂，你有頭緒嗎？」鬈髮青年問。

「這個。」我毫不猶豫地扭動門把，大力將門敞開。

裡面空無一人，鬈髮青年瞪大雙目地看著我。隨之而來的，是右邊的房間傳來比剛才還要淒慘的叫聲。

「喂！你幹嗎？」墨鏡男緊張兮兮地抓住我的手臂。

「猜錯了。」我欣然。

「笨鐘，答案是這個，人質在這裡面。」我指著右邊的房間說，

其餘兩人嘴巴張得老大。

「叮叮叮叮叮叮叮叮叮叮叮叮叮叮叮叮叮叮叮叮！報告！有一組玩家已經成功了！其他組的玩家要加油囉。」

呼⋯⋯ 真是簡單的遊戲啊。

「這、這樣就結束了嗎？」墨鏡男訝異。

「笨鐘！快點出來！」我踹向圍在四邊的鐵板。

「可是⋯⋯裡面的人，會不會太可憐了？」鬈髮青年皺眉。

「喂！靜！」房間裡被電慘了的那個人質一直吵個不停，煩死了，作為人質也太不乾脆了吧？！

「咔！」我本來想打開門好好的送人質一程，可是門把卻無法順著扭動，門被鎖上了。奇怪，其餘兩個裝了機關的空房竟然沒有鎖上，有人質的房間反而鎖上了。笨鐘不是說這個遊戲要救人質嗎？門鎖上了要怎麼救啊？

對了！若果一直在選擇房間上猶豫不決，裡面的人質便會因冰塊溶化而被吊死，這樣的話整個房間的玩家都會輸掉。但是若是犧牲裡面的人質的話，則可以令其他玩家勝出遊戲了。呵呵呵，笨鐘也太奸詐了吧。

「喂！靜一點啦！」裡面的人質仍遲遲不肯死。

「我們也這樣做嗎？看來救不救人質與遊戲的勝負無關呢。」薄薄的鐵板無法阻隔聲音穿透過來，旁邊的另一房間裡的玩家們，也正考慮犧牲人質的做法。

「快點啦！誰要跟這個焦炭人待在同一個房間，臭死了！」一把暴躁的女人聲音在喝斥道。

　　三個房間看起來都一樣，鐵索跟機關都是在玩家選擇房間後Mr.GM 才裝上去的，他絕對不會留下任何線索。唯一冰塊是由玩家親手帶進去的，冰塊頂多只會溶化變成水。即使有留下水跡也會被 Mr.GM 清理。最令我不解的是，遊戲才剛開始就有別的玩家勝出了，遊戲絕不可能單靠運氣來勝出的，一定還有別的線索我發現不到而已。

　　此外，Mr.GM 是故意大聲宣佈有玩家勝出的消息，但這好像跟以往的風格有點不一樣，Mr.GM 一向都只是冷眼旁觀，他沒可能為人質的安危而著急吧？

　　再加上，Mr.GM 故意將玩家分隔開，但卻沒有像電子鎖遊戲的交易室般有隔音功能，這樣做有何目的？

　　最重要的是，其中一個房間的觸電慘叫聲仍未停止，看來機關的目的主要不是置人質於死地。

　　想想吧，為什麼 Mr.GM 要這樣做，若果我是 Mr.GM，我為何要這樣做？！

　　「啜。」回過神來，小恩慢慢彎前身子，親吻了我的額頭一下，

腦內的思緒一下子像泡沫般全數爆破了。

「阿藍嗎？你認真思考的樣子很帥，謝謝你哦。如果能活著出去，我會努力讓別人愛上我的。」小恩向我微笑。

「對不起，雖然我都幫不上忙，但就算要了我的命，也希望你可以救我的孫兒小良出去，他的人生不該如此。」老伯說。

「哥哥，我會勇敢的。」小良擦掉眼淚，嗦嗦鼻水。

「……」我頓時感到前所未有的困惑。

跟以往的遊戲不同！

我指的不是遊戲內容，而是之前的魚缸跟鐵籠遊戲，大人們都為了自己能活下去而出賣別人的性命，我能在遊戲過程中撕破他們的假面具，所有玩家都是我的敵人。

但這次不一樣！

老伯、小良、小恩… 所有人都毫無條件地將性命交托給我。再者，我更不能讓人質為了我們而犧牲，這樣做就跟自私的大人沒兩樣。

彷彿我的肩膀一下子變得沉重了，大家都想活下去……

大家都想活下去……

「啊哈哈哈哈哈哈哈！對了！大家都想活下去！哈哈哈，我真笨！我差點就將自己變成假惺惺的大人了！」我拍打自己的額頭，笑得彎下腰。

「小兄弟，怎麼了？」老伯身子湊前來，小良又怕得抱著老伯的腿。

「我們把人質當什麼了？」我止住笑意，收斂表情。

「不明白……」老伯搔搔幾剩幾根白髮的頭。

「人質不是這個遊戲的工具，他也是這個遊戲的玩家之一！」我緩緩地說。

我一直把他當成是遊戲的一部分，忽略了他也是有性命的個體，我差點就成了我討厭的大人，為了得到自己想要的東西，就把別人當成工具利用，完全漠視別人的感受。

但就在剛才，大家都真誠的想活下來，我才有這一剎那的念頭。

根據以往的遊戲經驗，所有人都是玩家。房間裡的，只是碰巧被選中當人質的玩家，他也需要遵守跟我們不一樣的規則才能

活命，只要從他的角度去思考的話，就能找出他身處在哪一個房間了！

人質的遊戲規則，大概是由挪動冰塊開始，直至被關進房間之間的時間，在 Mr.GM 沒發覺的情況下留下給我們的求救線索。

他自己一個困在房間裡，生命在冰塊的溶化下倒數，人質不知道我們什麼時候來，什麼時候遊戲開始，自己隨時會被吊死或者被電死，他只能祈求其他人能留意到他留下的求救訊號！

「我們要想盡辦法救出人質，然後一起離開這個遊戲。」雖然口裡這樣說，可是我暗裡知道，就算把人質救出來，遊戲也不會結束。

因為 Mr.GM 仍未說黑卡的分配。

慘叫聲到現在都還斷斷續續地從別的房間傳出，這就證明了 Mr.GM 給予人質很多時間，根本不會因為冰塊溶解而被吊死，圈著人質脖頸的鐵索電壓也明顯不足以將人質殺死。

我曾看過一段用電椅對死囚執行死刑的記錄片，在電椅通電之前必須在死囚的頭頂上加一塊濕透的海綿，不然的話電流不能直接透進頭蓋骨破壞腦袋，死囚會受極大的痛楚後才死亡，甚至有罕見的案例，執行死刑的獄卒忘了替海綿加水，結果死囚頭頂的海綿燒著了，而且經過法定的兩分鐘行刑時間，死囚亦沒有完

全被電死。由於是獄方的疏忽導致囚犯受了嚴重的痛楚，法院也裁定死囚已執行過死刑，所以決定將他釋放，但是死囚的下半生都要在醫院裡渡過。

在遊戲開始之前，Mr.GM 是故意在所有玩家面前示範將拍打四邊鐵牆的玩家電死，也沒證明說房間機關的電力跟鐵牆一樣。所以，人質根本就不會因為任何原因而死亡，剛才成功的隊伍，也一定是聽見裡面人質的慘叫聲才猜出答案的！

遊戲的本質就在於，玩家需要在人質沒受傷害的狀態下猜出他身處在哪個房間，這樣做才會對「下一回合」的遊戲有利。

「有玩過遊戲嗎？主角要將遭遇的 NPC 救出來，NPC 便會加入主角的隊伍。」

「我懂！不然的話 NPC 就會變成主角的敵人了！」小良開口搶答。

「沒錯！」

「噫噫噫噫噫噫噫噫噫啊啊啊啊啊！」突然，旁邊的房間傳來別的慘叫聲。

「哎呀！混帳，猜錯了！」開口咒罵的是位女性。

「誰叫妳亂開啊！」

「那坨焦炭很臭啦！算了，現在我們就知道人質在這個房間了。」女性一整個嫌麻煩。

「嗷嗷嗷嗷呵！又有一組玩家猜中了，剩下的玩家到底是幹什麼的，腦袋進水了嗎？敲敲頭殼的話可會有水從鼻孔噴出來喔……噗哧咻咻咻咻咻咻咻咻。」Mr.GM 發出怪笑聲。

冰塊的水也會隨著時間蒸發，唯一能作為線索的，又隨身攜帶不被發現的，就只有血液！

「不覺得很怪嗎？這種簡陋的房間，門把上竟然有匙孔。」我指著門把又說：「有尖銳的東西可以借我嗎？」

「我有髮夾！」小恩馬上從頭髮上拔掉髮夾遞給我。

「先猜這個吧。」我將髮夾拉直，再刺進最左邊門把的匙孔裡，挖了挖，什麼都沒有。

「接下來，中間的吧。」跟剛才一樣，我再次將髮夾刺進去，這次卻有一顆一顆凝固了的血從匙孔裡掉出來。

我果然沒有猜錯，牆壁跟地面都不可能作為留下線索的地方，要是選擇一個可以把血液藏起來的地方，就只有牆跟地面之間，

也就是門把上的匙孔了！

　　就在這個時候，慘叫聲靜下來了，從外面也聽不見電流竄動時的微細聲響。

　　「恭喜恭喜！所有組別的玩家都完成第一回合的遊戲了。」Mr.GM 的聲音聽起來急不及待。

　　「第一回合？！還有別的嗎？」老伯的表情僵住。

　　「他媽的先將那屍體搬走再說啦，男人都是臭到極點的生物！」隔壁的女性又再開罵。

　　「呃、呃……抱歉，先讓我說完好不好……」Mr.GM 似乎對女性沒轍。

　　「咳咳，好了！現在就把人質的門打開，讓大家見見面，我才講解下一個回合的玩法吧！」

　　「咔」眼前的門應聲自動打開，看來 Mr.GM 早就在有人質的房間上鎖，根本就沒打算讓我們成功救出人質。

　　遊戲的差別只在乎，人質要受到電擊的痛楚一直維持到遊戲結束，或者外面的玩家猜對房間，人質在裡面待到遊戲完結。這回合的遊戲作用只單純令人質不斷累積瀕死的絕望感而已。

Mr.GM 這樣做到底有什麼意思？

房門完全敞開，我們都目不轉睛地看著裡面，果然跟我想的沒錯，冰塊大到足以讓人質坐在上面，根本沒可能被吊死，儘管脖頸被鐵索圈住，也跟我們四目交投，流下感激的淚水。

「謝謝！謝謝你看到我留下的線索，不然我就要被電到遊戲結束了，嗚嗚嗚。」人質的眼淚爬滿臉，盤坐在冰塊上。

「電到結束？什麼意思？」老伯正想跨上冰塊替人質解開鐵索，怎料鐵索就「啪」一聲斷了。

「來吧！以下是感動流涕的重逢場面！」原來鐵索和房門一樣也是 Mr.GM 的機關。

「這是 Mr.GM 給我的遊戲規則，說人質的兩個選項是，有人開錯別的房門的話鐵索便會通電，若果一直都沒有人選擇房間，遊戲便要一路繼續。Mr.GM 沒有說明遊戲是什麼時候開始，也沒有限制遊戲時間，在死亡邊緣無限期等待，簡直比死更難受。是你救了我的嗎？非常感謝你！」人質摸著頸上的傷痕滔滔不絕。

「不，把你救出來的是他。」老伯指向我。

「實在太感謝你了，我叫細周，或者叫我周仔吧。」自稱細周的人質跳下冰塊跑到我的面前，冷冰冰的雙手一直抓緊住我的肩膀。

「嗯，不客氣，我叫阿藍。」

這個時候，隔壁房間傳出巨大的碰撞聲，大概是有玩家被猛力撞向鐵板牆。

「對、對不起……我們只是形勢過於危急才出此下策，大家也不想死。」其中一人求饒。

「屍體太臭！真是他媽的沒辦法！」另外那暴躁的女性坦然承認。

「閉嘴……嘎、嘎、嘎……你們的性命就重要，我的就不重要嗎？」有人暴怒地咆哮，相信他就是房裡面的人質了。

「好了！感人的重聚時間夠了。讓我先講解下一個回合的玩法吧！三個人質都平安無事實在太好了，相信透過剛才的小遊戲，你們都跟房間裡其他玩家建立了深厚的感情吧？接下來的遊戲是『狼與羊搥搥樂』，三位人質這次扮演的是狼，你們的目標是將羊全部殺死；其他玩家則扮演羊群，當然要逃避狼的追捕囉。」

「狼的勝利條件，就是要殺死所有羊。到羊群死光光後，所有扮演狼的玩家都會勝出。至於羊這種慵懶的生物，打打殺殺當然不適合囉，所以你們的勝利條件，是要找到善良的狼，並將他帶到剛才人質遊戲的其中一個房間裡。所有房間的門已經重新鎖上了，當中只要一個沒有上鎖，大家要努力點找囉。若果羊咩咩的

任務達成，注意！不論是狼還是羊，全數活著的玩家都能勝出遊戲。」

Mr.GM頓了頓，凝重地說：「遊戲沒有時間限制，到任何一方勝出為止！勝出的玩家可以得到一張黑卡作為獎勵，至於用途等下回再講解了。」

「在遊戲的開始前，狼要先到別的房間換上一模一樣的狼之制服，我還為你們準備了狼之武器呢。而羊群呢？太麻煩了，反正你們很大機會會被狼殺死，所以我沒有準備制服，嘿嘿嘿嘿。」

終於真相大白了！原來上一個回合的遊戲目的，是讓人質從無助的絕望中，轉化成怨恨⋯⋯

因為自己站在大多數的一群，便漠視少數的感受，這便是虛偽世界中少數服從多數的可怕之處。犧牲一個連見都沒見過的人質，卻能救回所有房間裡的玩家，相信大部分人都會選擇犧牲人質。

就因為有了堂皇冠冕的藉口，擁有大多數作為後盾，就能將少數推去送死也面不改容。而這個遊戲，正正就是利用人們自私想得到自救的心，才特意安排遊戲分成兩個部分，讓自私的人們得到教訓！

「我該怎麼辦？」細周惶恐地看著我，一點主見都沒有。

「放心吧，你就是善良的狼！」我篤定地說。

「我？」細周用食指指著鼻子，我看見他的指甲整塊破開了，他就是故意拔掉指甲讓血流進去的吧？！

「這個可能性很大，三組玩家中只有你一個成功被救出，而其他被電慘的玩家，一定會使用狼的武器去向其他人報復的。」

「喔，我明白了。」

「所以，遊戲的勝利條件其中一項已經解決了，我們已經找到善良之狼。你在換上狼衣服後立刻回來這裡，我們再一起找沒有上鎖的房間。」

「哈，這樣我們就得救了。」小恩第一次笑出來。

「請各位狼在出口處離開，外面有指示給你們找到放置衣服的房間。畢時我再跟大家說明狼的注意事項。」

Mr.GM 說畢，房間前方一個角落有一塊小鐵板塌下來了，空位剛好足夠讓一個人穿過。我瞥見鐵板外面有一條左右分支的走廊，看來這裡被佈置成迷宮一樣。

「其他玩家千萬不可以偷跑喔，鐵板會隨時接通高壓電流的。」Mr.GM 提醒。

「我走了。」細周伸出手。

「保重！」其他人搭在上面，互相緊握。

一個簡單的小動作，卻讓我們各人意志連成一線。

驀地，眼前突然天旋地轉，雙腳一頹我便跌坐在地上。

「小兄弟，你怎麼了？」老伯扶起我。

「沒、沒事……」心情稍一放鬆，剛醒來時的眩暈感覺再度襲來，胃裡一陣翻滾的絞痛不已。

「嘿嘿嘿嘿，誰怪你四處亂走，看了不該看的東西啊。」細周離開不久，Mr.GM竟然從外面走進來了，我們所有人都被他突如其來的出現怔住了。

「乖小孩就應該過『日常』的生活才對，四處亂跑是要受到懲罰的。」

「姊姊的學校……？」沒錯！我記得被抓之後最後的意識就在姊姊學校的那個被黑色抹掉了的課室。

「所以我就立即把你抓來了，但下一次的遊戲還沒開始，我只好一直讓你乖乖睡在這裡了，算起來是第三天了吧。」

原來身體變得虛弱的原因，是肚子餓……

「你為什麼要將我們抓來這裡？遊戲的目的又是什麼？」我咬著牙問。

「到時機成熟後，我便會將一切告訴你了。唔……或許，先等你活過這個遊戲再說吧，嘿嘿嘿嘿嘿。」Mr.GM 晃著大鐘頭顱離開了房間。

大家都愣在原地，一時之間不知如何反應，就在這個時候隔壁房間又傳來吵鬧聲了。

「對不起！我向你跪！求求你放過我們一馬，讓羊勝出的話大家都可以活著，好嗎？」那個人一邊哭著一邊求饒。

「把你們都殺光了我也是一樣能活下來啊！」人質的答覆顯而易見。

「喂喂！你嘴巴又沒有被堵住，幹嗎在房間不大叫求救？」那女性完全不分青紅皂白。

「那是 Mr.GM 給我的遊戲規則啊！他說若果我發出半點聲音讓外面的人察覺到的話，鐵索便會立即通電！妳這婆娘是想我死啊？！」

「活該。」女性冷冷地留下一句。

「我現在就出去，變成狼之後第一時間回這裡殺光妳們！」

對話結束。

遊戲開始前，人質一直受到長時間恐懼折磨。

遊戲進行期間，人質受盡電擊的皮肉之痛。

遊戲回合結束後房間打開，人質第一眼便看見一班只顧自己能勝出遊戲的人，用假裝憐憫的眼神看著自己。

只是認錯，只是簡單跪在地上求饒，真的能消除人質心裡的怨恨嗎？真的能減輕受過的痛楚嗎？

房間敞開。

「是誰！是誰一開始就亂開門啊？！咳咳，快來給我解開它啦！」人質的身體被電流長時間貫通身體，全身皮膚驟變成淡紅色，頭髮還發出淡淡的焦臭味，一灘淡黃帶泡的液體還在冰塊上形成一個小水窪。

「慌張什麼嘛，冰塊這麼大根本就不會吊死……」我慢慢走前去人質身後，握著綑在脖頸的鐵索。

「喂喂，輕力點。」人質頸上有一圈滲血的傷痕。

「那個大笨鐘，只要再綑一圈不就行了嗎？還搞什麼電流。」我一腳踹向人質，他在冰塊上旋轉了幾圈，鐵索霍然收緊。

「咳咳咳！你在幹嗎？等下我當狼之後，我鐵定要殺死你！」人質雙眼充血，鐵索牢牢地勒住他的脖頭。

「我現在就可以殺死你。」輕輕一踢，又再轉了半圈

「嗚……」人質伸出舌頭，卻說不出半個字。

「不過，謝謝你提醒我，等會兒你過去，若果看見那個大笨鐘，

就立即回來帶我去找他，順便也告訴我誰是善良的狼，我要結束這無聊透頂的遊戲。」說畢，我便一手拔斷了人質頸上的鐵索，他立刻跪在自己的尿液上嘔吐，還順便再失禁一次，嘔心極了。

「別忘了，看來你們只有三個人，別以為有武器就能殺死我。」沒閒暇等他繼續將房間搞髒，我揪著他的衣領向那出口扔去。

對話結束，人質巍巍峨峨地摸著頸子離開。

狼與羊，是大自然界最具強與弱代表性的兩種動物。

難道這是無法逆轉的局勢嗎？羊群只能永遠做等待被屠宰的角色嗎？或許只是狼太幸運，沒有遇上比牠們強的羊罷了。

大家別忘了，萬惡的魔鬼象徵是羊角，不是狼牙。

GAME
人 質

RULE.1   玩家需要從三個房間中，猜中哪個房間藏著人質。

RULE.2   人質不能與房間外的玩家通訊。

RULE.3   人質頸部被鐵索網住，站在慢慢溶化的冰塊上，時間一久，人質會被吊死。

RULE.4   若開啟錯誤房間，人質頸上的鐵索將通電，雖然電流並不致命，但仍會受到極大痛楚。

　　觸電最快只需要幾秒便能將人完全電死，時間長短視乎於電流大小。由於人體組織主要成分是液體，電流能夠很順利地貫穿全身，當電流通過心臟或腦部，即會令觸電者死亡。若電流不足以將人迅速電死，亦有機會使肌肉發生纖維性抽搐而無法自行逃脫。電流除了能令全身神經系統損毀，陷入昏迷而瞬間死亡之外，電流亦會產生熱能，使內臟嚴重燒傷，血管破裂，還會因血液蒸發而發出惡臭。

　　在現實中最常見的電流致死就是執行死刑的電椅，傳統電刑會在早上執行，在凌晨時分犯人會先行洗浴，確保將身上的油脂或其他阻礙導電的物質洗去，然後在行刑前將貼近電極的兩個部分剃去毛髮，也就是頭髮和其中一隻小腿的腿毛，以保證電流順利通過。這繁瑣的程序雖說是為了令行刑時更加順利，避免囚犯受到不必要的痛楚。但實際上造成囚犯極大的心理壓力，通常囚犯總會在這個時候痛哭崩潰。

最後，囚犯才會被帶到執行死刑的刑室內，那裡只擺放著電椅，而通電開關會放在另一室，行刑官與見證醫生都會在另一個房間隔著玻璃觀察。當到達行刑指定時間，囚犯便會坐在椅上，手腕、雙腿、腰、頸、下巴、額頭都會用皮帶固定，囚犯的臉會被黑紗遮蓋住。

　　理論上，在拉下開關的數秒後電流便會將所有神經系統破壞，犯人亦會陷入昏迷狀態，感受不到隨後的痛苦。但死刑會持續執行超過一分鐘，確保犯人完全死亡。這時，犯人全身皮膚會泛紅冒煙，皮膚溫度會上升至６０度，醫生會待一陣子才會檢查犯人的生命跡象，若犯人的脈搏和心臟並未有完全停止，整個行刑過程將會重複至犯人死亡為止。

狼 與 羊

―――――――――― Mr.GM ――――――――――

初次見面，我是遊戲的主持人，Mr.GM。

滴答、滴答⋯⋯遊戲現在才正式開始。

嘿嘿嘿，剛才出現在不乖小孩阿藍的房間時機實在太好了，看著大家慌容失色的表情簡直是爽爆了。嘿嘿⋯⋯ 大家一定以為我將貨倉改造成迷宮，其實這只是從房間裡看出去的錯覺而已，外面幾塊鐵板擋在外面，我才沒空去設計什麼迷宮呢，讓玩家們像老鼠般到處竄來竄去多無聊啊。

當然是堂堂正正的殺戮才吸引啦啦啦啦啦！

可是現在，羊群都不敢貿貿然離開房間半步，唯獨狼！只有離開過房間的狼！才知道這個秘密，噓噓噓噓噓！

他們一定會帶著仇恨的獠牙，回到屬於自己的房間將羊群咬死，誰叫羊惹怒了狼啊，噗哈哈哈哈哈哈哈哈哈！

可是一群被電慘了的人質仍未能成為真正的狼，但等到披上狼皮之後，再略施點魔法，你們就變成看見羊就食慾大振的狼寶寶囉！

真的教人興奮莫名啊啊啊！

「呼呼呼，大家都到齊了。」一定是我太興奮了，秒針、分針、時針在我臉上互相追逐般快速旋轉，還竟然發出刮風聲，真是的我都要變成直昇機了。

「嘻嘻……直昇機！咳！讓我來講解一下狼的規則吧。剛才我也說過了，正所謂苦盡甘來，當人質也有當人質的好處，就是免費電髮……噗哧嘻嘻嘻……不是！當人質的好處，就是無論如何，下個回合遊戲當狼的玩家都會勝出遊戲。至於以哪一種方式去結束這個遊戲，就由大家來決定了。」

「第一種方式，就是你們可以使用狼之武器，將所有羊殺光，這樣的話不論其他狼沒有殺過任何羊，都會判定為勝出遊戲。」

「另一種方式，你們當中有一位是善良的狼，但當然了我不會告訴你們是誰的，當拿到狼之武器後，那頭善良的狼自然就會知道自己的身分了。」

「好了，請大家先換上狼的衣服吧。」

沒有時間準備迷宮的主要原因，就是我將畢生心血都花費在這件狼的衣服上！簡直是前無古人後無來者驚天地泣鬼神的傑作啊！單單是那副面具，就完全將狼的兇殘個性表露無遺，每一個縫合位置都將玩家的輪廓和面型遮蓋得貼貼服服，羊絕對沒辦法從外表分辨出來。還有一個重點，就是狼的尾巴，它是我一針一針……

「真的要穿著住這件嘔心的毛娃娃裝扮嗎？叫人怎麼穿得下啊，尤其是那條尾巴……」其中一名玩家拿起衣服時一臉嫌惡的臉。

「尾巴是我一針一針縫上去的！有什麼意見的話，就給我回去繼續當人質當一輩子好了！喀咔咔……」我憤怒得裡面的零件都在抖動。

終於，三個人質都乖乖穿上。

「好了，你們穿上的是一模一樣的衣服，除了眼球之外，其他地方也不會有任何隙縫讓其他人看見你的真面目。由此刻起，請記著，你們是一頭狼，一頭看見羊便會飛擒大咬的狼。作為人類的人性，通通都沒有了。因為，其他人不知道你們是誰，所以放心吃吧！」

「剛才亦提到，勝出遊戲後會得到黑卡作為獎勵。而當各位將黑卡折斷之後，各位便會立即完全退出遊戲。但黑卡其實還有一個真正的用途，就是解放它的力量！現在我先向各人派一張黑卡，這跟勝出後的獎勵無關。你們可以選擇退出遊戲，但就如我所說了，這個回合的遊戲，不管怎樣，作為狼都贏定了，你們可以使用它，讓它變成狼之武器，待勝出遊戲再拿取另一張黑卡。」

各人接過黑卡後就一直凝視著，可是卻沒人打算折斷它來退出遊戲，從他們的瞳孔裡，我看見了不同的慾望。

「非常好。可是，老實說，你們都遜爆了！像你們這種質素，不可能靠自己的力量去解放它。但不用擔心，你們有強悍的Mr.GM在背後幫你們喔。請各位卯足勁用腦袋去想一下，當遊戲正式開始之後，你們最想做的是什麼？只需要心裡想著，不用像動畫人物般大吼大叫，黑卡自然會給予回應了。」

下一秒鐘，各人手上的黑卡都變成了不一樣的東西，噗哧，實在太有趣了！

「好！我們的狼準備好了，羊群也準備好了嗎？嘿嘿嘿，狼才不會等你們準備好呢！」

「滴答、滴答……遊戲開始！」

待狼寶寶們各自離開後，我便返回控制室。貨倉的每個角度都裝上了攝錄鏡頭和偷聽器，我只要坐在這控制室裡，任何地方和玩家們的對話都一覽無遺。更重要的是，在這個房間還可以使用特大號的咪高峰……「嘟嘟嘟嘟嘟嘟嘟嘟嘟嘟嘟嘟哈！」

「嘩嗚，嚇死我了……」「嗚…… 爺爺」「乖乖乖，別怕。」「靠！是誰在鬼叫啊！」「笨鐘！」

嘻嘻嘻，還可以隨時嚇玩家一跳呢，厲害吧。

喔喔，其中一頭狼已經穿過走廊，向著其中一個房間進發了，

狼寶寶果然認得回家的路咧。我看著螢光幕跟蹤著這頭野狼一號。

他手上的武器是日本武士刀。嘖嘖，這種貨色果然只能將黑卡使用到這種程度嘛。

刀雖然銳利，但通常不能一擊將眼前的人斬殺，加上距離的限制，刀的使用者有需要跟目標近距離對峙，消耗很長時間和體力才能將人殺死。

刀本身雖然沒有使用次數限制，使用方法只是最簡單的揮動動作，面對手無寸鐵的外行人更不需特定的技術。但大前題是，使用者必須要有斬人的決心，和血花四濺的心理準備！

可不用擔心，黑卡是可以把玩家心裡的欲念真實呈現的工具。這就證明，刀不就反映了這位野狼先生的赤裸裸的怨恨嗎？

野狼一號雙手緊握著武士刀，想都沒想就急步走回自己的房間。踏進房間後東盼西瞅，房間裡只剩下一具燒焦的屍體，他憤怒地邊用武士刀斬空氣邊大吼：「臭婆娘！給我滾出來！」

「誰要待在原地等你來殺我啊！臭氣沖天的男人！」

「噓！細聲點啦！會被他發現我們的位置……」

女人在遠處？我快速搜尋其他攝錄鏡頭的螢幕，那暴躁的女

人連同房間其他玩家早已經逃之夭夭了。

呵呵呵，真是蠢斃了。

野狼一號踢了一腳可憐的焦屍洩憤便離開房間，正當他步出房間之際，瞥見另一頭野狼三號正躡手躡腳地走進隔壁的房間。當野狼一號看見三號手上由黑卡轉化成的「武器」時，他大為緊張立即追過去。

「絕不能讓他得逞！」野狼一號道。

說不定野狼三號會被殺掉呢，真教人期待接下來的發展。但同時候，野狼二號也很快找到他回家的路了，真不愧是犬科動物，嗅覺真是靈敏啊⋯⋯噗哧⋯⋯狼狗嗦嗦鼻孔的模樣⋯⋯哈哈真滑稽！

野狼二號比較好運，房間裡所有玩家都還在等他回來。他進入房間後掃視房間的四周，確認所有人都在，「真是太好了」野狼二號暗裡高興。

野狼二號手上沒有拿著武器，手上⋯⋯

「大家⋯⋯我回來了⋯⋯」野狼二號隔著布衣，聲音變得有點古怪。

「衣服真醜。」身材高挑，名叫占士的玩家劈頭就說，墨鏡男跟鬈髮青年警戒地與他保持距離。

「哈哈……各位！我是善良的狼啊！」野狼二號攤開雙手，表示自己沒有武器。

「真的嗎……？」眾人狐疑。

「真的！我也沒料到，我抽籤抽到當善良的狼啊，哈哈！現在只要跟我一起走進任務的房間裡，遊戲就可以結束了。」

「但是……你不是很憎恨我們嗎？為什麼要帶著我們走。」鬈髮青年又再退後一步。

「我是善良的狼啊！當然 Mr.GM 沒有給我武器了，況且想深一層，我根本沒有殺人的膽量，我也不想再有人受傷害了。我明白……你們傷害我只是無可奈何的事吧？！我們都不想有人受傷的，對吧？」野狼二號說得力歇聲嘶。

「你知道任務房間在哪裡嗎？」墨鏡男發問。

「當然，只有我一個知道，就在外面不遠。」野狼二號篤定地指向外面。

其餘兩人拿不定主意，轉頭望向一直盤著雙手的占士。

「走吧。」占士。

「快點，找人牽著那個小女孩吧，不然被其他狼發現就大件事了。」野狼二號落力附和，甚至關心起一直被忽視的小女孩。

於是，四人拖著畏縮的腳步跟隨在野狼二號後面，踏出房間後拐了個彎，來到隔壁的房間。房間裡空無一人，只剩下一具被燒焦的屍體躺在地上，眾人都嚇了一跳，牽著女孩的墨鏡男一手摀住自己的嘴巴免得大吐，一手摀住女孩的眼睛。

「這裡就是別組玩家的房間嗎？跟我們的一樣呢。」鬈髮青年察看四周圍。

「是哪一個房間？」墨鏡男問。

「是中、中間的那個。可是 Mr.GM 說，要三位玩家同時扭動把手才能打開門的……」野狼二號煞有介事地說。

「是嗎？」

「當然了，你不相信我嗎？我是善良的狼啊！你們快點去開，然後就可以結束這個遊戲了。」

「對了，狼為什麼沒有尾巴？」突然，占士發出與任務無關的疑問。

「呃、呃？我怎麼知道，別說無謂的事了，快點啦。」野狼二號催促道，還一手把墨鏡男推到門前。

所有人各就各位。

野狼二號站在三人的背後，他不動聲色地伸手到背後，掏出用黑卡轉化成的武器。

就在他進入自己組的房間前，他一手將尾巴扯下，撕破了布衣的縫線，將武器塞進隙縫內，藏在自己衣服的腰間裡。

「砰！」

「哈……哈哈……笨蛋。」野狼二號在獰笑，手上的手槍在冒煙。

墨鏡男「咚」一聲跌坐在地上，子彈高速旋轉貫穿背部肌肉，絞碎內臟後再從前腹射出。喉頭一甜，嘔吐出糊黑色的血水，腎臟破了，墨鏡男連驚訝回頭的氣力都沒有，只是躺在地上喘氣。

手槍，有效射程十五至二十米，食指扣動板機只需要很輕的力度，雙手握著槍柄後座力也並非想像般大。就算一個外行人單憑感覺瞄準，要射中一個五米前的成年人並不困難，由於子彈在體內的破壞力遠比從外表看上去大，即使擊中四肢目標也很大機會失去行動力。

更重要的是，槍械遠遠比刀劍等武器威嚇性來得大。

對於被占士用武力恐嚇後，完全喪失戰意的野狼二號，體內的怨恨一下子被恐懼混和沖散，根本不可能跟怪物般的占士正面交鋒，膽小鬼即使穿了狼衣服，還是一個膽小鬼。

於是，黑卡化成一把手槍。

「原來殺人是這種感覺，哈哈……棒極了……」野狼二號又瞄準站在旁邊的鬈髮青年。

「等等……！」

「砰！」鬈髮青年臉部開了個洞，連喘氣的時間都省回來。

房間瞬間只剩下兩名玩家，占士一言不發，蹲在渴望快點痛昏的墨鏡男旁邊。

「剩下你了，其實到最後是怎樣贏都沒所謂，只要你死就夠了。」下移平舉的手，槍口對著占士。

「你死定了。」占士伸手脫下墨鏡男的墨鏡。

「才不用你說。」墨鏡男一副垂死的眼神。

「你的命，借我。」占士雙手將墨鏡男揪起，托在肩上。

「喂！把他放下！我要開槍了！」

「咳咳咳……」壞掉的內臟被擠壓，墨鏡男再吐出一口鮮血。

「一起去死吧。」占士降低重力，將墨鏡男擋在前面，畢直的向野狼二號衝過去。

「砰砰砰砰！」連開幾槍，全部貫進墨鏡男的身體。

占士沒有退縮，反而增大步幅，兩人只有一步之距。

「咔……咔……咔……」手槍另一個致命傷，是子彈的數量有限，每款槍都有它的特性。尤其是野狼二號手上的左輪手槍，只有六發子彈，補彈時間亦花費較長，連射速度不高，絕不適合近距離與敵人博鬥。（順帶一提，我是很喜歡聽到左輪彈倉轉動的聲響。）

「碰！」三人猛力撞在一起，在地上滾了好幾個圈撞上房間的鐵板才停下來。占士受過嚴格的近身格鬥訓練，在任何狀態下快速找回平衡點是很基本的技巧。

在一般纏打的情況下，雙腳穩在地上一方便能取得高處優勢。

野狼二號躺在地上，慌忙地拾起掉在身旁已經沒有子彈的手槍。占士翻滾了幾圈，停住跌勢後單手撐地便站了起來。

　　「咔、咔、咔、咔、咔」手槍是野狼二號唯一能扳回兩人之間實力差距的法寶，可是他卻因恐懼而失去冷靜，將優勢白白浪費掉。

　　「喂。」占士騎坐在野狼二號身上，手一揮打掉早已無用武之地的手槍。

　　「別過……來……」野狼二號牙齒咯咯作響，全身僵硬。

　　「冷靜。」重重的一拳砸下，狼頭套多了一抹鮮紅從內部慢慢滲出擴大。

　　「求求你，別打！！」

　　「冷靜。冷靜點聽我說。」再一拳。

　　「嗚……」

　　再一拳，狼頭被整個染紅。野狼二號依舊全身抖個不停，但這次終於學懂緊緊咬住嘴唇，盡量不發出聲響。

　　「我在……笑嗎？」占士問。

　　嘻嘻，接下來會是低俗無深度的血腥電影吧。竟然扯爛我一針一針縫上去的狼尾巴，就為了把手槍藏起來，這種鼠輩行為最不要得了，活該。

　　那個暴力狂還真喜歡揍人……

　　還是看較有深度的好了，黑卡能如實反映出每個人內心的渴望，意識力越強能力相對性就越強，槍械或者刀劍之類流於表面的實體性工具，就表示使用者的內心渴望還不夠強大。

　　至於野狼三號的武器，嘿嘿嘿，我真期待接下來的發展呢。看他拿到狼之武器後的反應，似乎還搞不懂那是意味著什麼，但相比起自己獨個兒苦惱，他更信任他的同伴。

　　野狼三號雙手捧著「武器」，回到房間，如他所料的，他的同伴也同樣相信他，所有人都待在房間裡。

　　他舒了一口氣走進房間，心情頓時鬆懈下來，遊戲的緊張感因同伴而減退，鬆懈到沒有發現手持武士刀的野狼一號在後面一直跟蹤著他。

　　「阿藍，我拿到這個，我真的是善良的狼嗎？」野狼三號他並沒想過對同伴展開報復，更沒想過要傷害任何人，只要拿到黑卡，然後立刻退出遊戲這就夠了。

「萬用刀？」阿藍。

「嗯。」

「其他人拿著什麼？」阿藍接過來看，刀鋒雖然銳利，但不止於能用他來殺人。

「我看見有人拿著日本的武士刀，另外一個他低頭瞟了一眼就跑開了，大概是個手掌般大的東西。」野狼三號如實回報。

「你是善良的狼！」阿藍篤定地說，小恩在旁邊一直扶著他才能勉強站著，他看起來非常虛弱。

「那接下來要怎麼做？」野狼三號完全旨意同伴。

「我們試過，三個房間都是鎖上的，看來勝出遊戲的房間在別的地方。但我肯定你就是善良的狼，只要我們找到沒有上鎖的房間就可以了。」

「那麼走吧。」

「不，現在的我會拖累你們，反正不論誰完成任務，只要活著就能勝出遊戲了，所以越少人行動就越安全。」

「好，我去。」小恩舉手。

「怎麼行，妳是個女孩子，我去吧，反正我一把年紀，大不了就早走幾年。」老伯說畢，小良立刻緊緊抓住他的手，老伯的眼神頓時猶豫起來。

「不用爭了，你們所有人都不準走！」野狼一號平抬手上的武士刀，指向房間內所有人。

「我也是狼的一份子啊！」細周也舉起萬用刀，但完全起不了阻嚇作用。

「看到另外的那頭狼拿著手槍啊！善良的狼肯定就是你！」野狼一號向眾人步步進逼。

「那我們一起完成任務吧？大家都能贏，大家都能離開這樣！」老伯將小良推到身後。

「放屁！剛才只有我當人質受苦，現在想要一起離開？想得美！只要殺死善良的狼，羊就永遠贏不了遊戲，直至狼將所有羊殺死為止！」野狼一號大喝一聲，高舉著武士刀衝向前。

「別、別過來啊啊啊啊啊啊啊啊！」野狼三號害怕得瑟縮起來，腿一下子頹軟跪下，手上的萬用刀根本起不了保護作用。

「嚓。」刀鋒割開肌肉竟能發出如此令人毛骨慄然的巨響，站在野狼三號身後的老伯即使手上沒有武器，卻絲毫不打算退縮，

因為在他身後的，是他的寶貝孫兒。

一道誇張的血痕從老伯的左肩斜斜伸延到右側腹，連衣服都整件被割開了，露出深可見骨的傷口。老伯的身體晃了晃，卻死也不肯倒下。

因為，背後有他需要守護的人。

「小良……逃……」老伯咬牙切齒，竟在這狀態下張開雙手，雙腳牢牢地撐著地面，不讓自己倒下。

「哈哈哈哈哈！我先殺光這裡的人！看你這善良的狼可以救誰！」野狼一號殺紅了眼，體內的積怨得以發洩，緊握刀柄的手感受到刀鋒割開肌肉時的觸感，真想再試一次啊。

「老伯你真硬啊！我就留到最後才殺你！哈哈哈哈。」野狼繞到老伯背後，一手揪住小良。

「別……傷害他……求求你……」背後傳來孫兒的叫喊聲，但老伯能夠站著已經相當勉強了，他正要回頭阻止，但身體重心稍微偏移，膝蓋一軟就倒下去了。

「嘎、嘎、嘎……」阿藍身體也到了極限，無法再踏前一步，小恩嚇得只一直在哭。

「哥哥跟你玩飄高高，好吧？」野狼一號高舉著不斷掙扎的小良。

「不要！放開他！」野狼三號雙手握著僅有的武器萬用刀向他衝去。

「滾開啦！懦夫……」反手一揮，野狼一號用刀柄，一下就將三號擊開。

「來吧！開始！」高舉小良的手突然鬆開，用武士刀迎上。

「嚓喇！」染紅了的刀鋒從小良的背部刺出！所有人都不忍心看這駭人的一幕，除了老伯一個，眼睜睜看著自己的孫兒身體被刀貫穿。

「哎啊你這個小屁孩真重。」小良下墜的重量使武士刀脫手，野狼一號彎下腰握住刀柄，手一拖將刀拔出，小良身體只給予簡單的物理動作的反應，翻了一翻身，又再一動不動。

「良仔！良仔！嗚……」老伯想搥打自己的腳，可仍是不聽使喚，意識還因失血過多漸漸矇糊。

「女的，嘿嘿，張開雙腿的話或許我會放過妳。」野狼一號用刀鋒托起小恩的下巴。

「想辦法吧！想想辦法！想一下！」阿藍念念有詞，拳頭無力

地緊握著。以往的計策都如他所料，只因他知道要對付虛偽的大人，只需拿出餌食便會露出狐狸尾巴。再將他牽引到陷阱裡便成了。

但是眼前的，是一個將慾望表露無遺的獵食者，罪惡感、謊言、貪念、暗算……通通對他免疫，這種敵人是阿藍首次遇見並對付不了的。

「我就說會為你找些合適的對手嘛，嘿嘿嘿嘿。」我高興得用頭敲螢幕。

「唔？！這股強大而扭曲的意識能量是怎麼一回事？！好冷！」我打了個寒顫，交叉雙手磨擦著手臂。

這股突然冒出的能量，從貨倉某處散發開去，擴散速度很快，還瞄準著每個玩家和神聖不可侵犯的主持人我侵襲過來，雖不止於影響到我，能令我全身都起雞皮疙瘩的能量真少見呢。

「到底是從哪裡發出呢？」臉上的時分秒針全都指向同一個方向，我循著位置尋找著對應的攝錄機。

哈哈，真令人意想不到呢。

「到底……是什麼回事……」在貨倉的某處，三名玩家累得停下來氣喘噓噓地擦汗，有人更累得直接坐在地上休息。

「這個貨倉，雖然看不見全貌，但估計面積不算太大。就算大……也不至於大到迷路吧……」其中一個玩家說。

「呼、呼、呼…… 這條路我們走了多少次。」另一個乾脆躺下來，反正狼來了，也再也跑不動。

本來驚心動魄的殺戮遊戲，卻一直迷路破壞了心情。明明一直向著同一方向走，卻竟然回到回頭路。想沿原路返回房間，卻又轉進了一個新的死胡同。結果，越跑越急，越逃越累，越迷路越不合邏輯。

雖幸運地一直沒遇到狼，但遠處不斷傳出的槍聲和慘叫聲，精神被折騰得比肉體很要累。

「死了還更輕鬆，這絕對是撒旦的引路……」帶頭逃跑的暴躁女也是眾人精神壓力的來源之一。

「妳一直喋喋不休煩不煩啊，可以靜一下嗎……」

「你才給我閉嘴，滿身臭汗的男人！」暴躁女大罵。

「女的，嘿嘿，張開雙腿的話或許我會放過妳。」從剛才起就一直聽見隔壁的房間傳出打鬥聲。但不知道該說是好運還是不幸，不管怎麼走都無法走過去隔壁的房間。正當大家都意志消沉得想自殺之際，還聽見這句不堪入耳的恐嚇。

「！」暴躁女猛然一慄，身體挺得老直，雙眼瞠大，臉部肌肉微微抽動。

她蹲在地上，扯起衣袖，毫不猶豫張口就使勁地咬，一口！兩口！彷似那隻手不是屬於她的那樣，咬至整隻手染紅才滿意地放在地上。

「喂喂……在這裡狀況妳在搞什麼啊？一直撒旦撒旦的，別這樣迷信啦……」

「你們可能會不相信。」暴躁女突然收斂怒火，低著頭。

「什、什麼？」

「我是第三次參與遊戲了……」

「我一直都用這個方法這樣活過來的！」染血的雙手在地上印了個血掌印。她再抬起頭，雙眼發出異樣的神色。

與其說這是怒氣，倒不如說是戾氣更加貼切！

―――――― 律子 ――――――

世人篤信命運，迷信是人類的其中一個特性，撇開任何道德觀、感情、理性之類繁複高深的理論，最直接分辨出人類與野獸的差別，就是所有野獸都是無神論者，而人類即使不信神，也會信鬼。

律子，日本人，二十七歲，已婚，喪偶。

若要從出生開始說起，不管律子怎樣努力回想，都沒法想得出自己有什麼好事降臨在自己身上。在十三歲那年，母親交通車禍死了，撞死她的司機因為患有一種連聽都沒聽過的精神病，於是被判無罪。

更諷刺的是，經過數個月的治療後，那司機被判定為無危險性，可以像正常人一樣重返社會。亦基於私隱及不知名的保護條款，為了讓司機往後的生活著想，那交通意外一切資料都被保密，換句話說，就是那宗交通意外像沒發生過一樣。

司機就像白紙一樣重過新生，那誰為律子往後的生活著想過？！

這種淒慘的遭遇為什麼會發生在自己身上？從那天起，律子就開始變得迷信。她嘗試各種方法改善自己的運氣，就算是一點點也好，至少不要那麼慘就夠了。

律子試過留有一把漂亮的長髮，結果她養了多年的小狗被人用毒餌毒死了。她將頭髮染成金色，電成鬈髮，將瀏海往後梳，整個人看起來精神爽朗，結果有一晚被喝醉酒的父親強姦了。而就在同一晚，警察來到將父親拘捕，在警車上父親懷疑酒精中毒身亡。

　　該說是倒楣還是幸運？

　　她也試過將頭髮剪短，還因此而結交了男朋友，雖然男朋友很窮，可是非常疼錫她，也絕對不介意她的過去。但就在相識一個月的紀念日，男朋友下藥將她灌醉，賣了給一個中年男人，中年男人是個早洩男，沒多久就搞定了。男友見迷藥還有數小時藥力，立刻人脈大爆發，一連替昏迷的律子接了八個客人，每個都早洩，洩得律子亂七八糟。

　　該說是倒楣還是幸運？

　　到底要怎樣做才能稍微將運氣指數提升一丁點？「人定勝天，只要努力就可以改變命運！」律子在街頭遇上一個跟她寒喧的女人。大家都是女人，於是律子放下戒心跟她聊下去，聊著聊著，女人把她帶到一個擠滿人的空置辦公室，除了一個講台和一支咪高峰，什麼都沒有了。

　　「改變命運！自己命運自己救！」這句說話台上喊了數十次，台下跟著吶喊了不下百次。最後，律子將所有積蓄繳交了入會費，得到一個伯爵級的會員。

　　憑著她的努力，也憑著她的美貌和身體的付出，她很快就找了數十個男性入會。果然努力是有回報的，只要將他們全都踢進會裡，單單是佣金便足以讓她成為一個暴發戶，之前的少少犧牲也算是值得的吧。

　　那無牌經營的公司倒楣了！就像電視看的層壓式推銷騙案一樣⋯⋯

　　用畢生積蓄和身體換來的，是堆滿家裡不知名的保健產品。

　　死了算吧⋯⋯從眾多保健產品中，有一種是稱聲提升睡眠質素的安眠藥。律子吃了一整瓶，用啤酒灌，用紅酒沖，生怕它沒能發揮化學作用似的。隔天醒來，吐了一整個早上，撐不住去了醫院，診斷後只是得了區區的腸胃炎，那公司是無牌的，安眠藥也是假的⋯⋯

　　該說是倒楣還是幸運？

　　含糊不清的人生終於來到第二十七個年頭，律子在工作中結識了她的上司，雖不至於生活無休，但至少對方是個老實人，說不定結婚能沖喜一下，對改運很有幫助，律子產生了這種想法，對方亦有結婚的打算，於是順利成章兩人便結為夫婦。

　　就在婚禮的當天，她閉起雙眼讓化妝畫眼線，不知過了多久，化妝師再沒有在她的眼皮上下筆，姊妹們的喧鬧聲消失了，再也

沒嗅到嗆鼻的香水味，取而代之的是濕濕的、令人不舒服的鐵鏽味。好奇地睜開雙眼，發現自己身處在一個不知名的貨倉內，不知道何時被偷偷搬來，更想不到是如何被搬來這裡的。

就這樣，遊戲開始了。

還沒搞通遊戲玩法，便有人死了。律子從沒如此接近過死亡，四周的玩家都以各種凄慘的方式死掉，但最令她訝異的是，這麼多年來，她竟有點習慣了。律子總是在死亡的邊緣線上走動，但每一次死神的鐮刀總是搆不著她。在這種絕境之下，律子頓時間想通了。

既然沒法改變自己的悲劇命運，就不如盡情將不幸帶給身邊的人吧。

雖然這樣想很自私，但的而且確令自己感覺舒坦了不少。從那刻起，律子便認定自己被魔鬼撒旦依附著，可是撒旦只對周圍的人出手。

很安心……

遊戲規則、致勝關鍵、破關邏輯…… 通通因素都在律子的覺悟下撤除在外，其他人全都以不合乎常理的情況下死掉，最後遊戲只剩下她一個，毫無計策可言，她勝出了。

第二次也是一樣……

律子想借著遊戲來搞清楚「依附在她身上」的某種東西是什麼，所以她並沒有折斷黑卡退出遊戲。

反正哪裡都是地獄，退不退出遊戲又有什麼分別？

相反，一直沒離婚或離奇死亡，還對她呵護備至百般遷就的丈夫，讓律子覺得更沒真實感。

是邪靈作怪？還是別的原因？對這種不靠譜的人生有所覺悟後，律子性格也性情大變。對自己的不幸漸漸自暴自棄，對其他人變得暴躁，丈夫竟還對這樣的她不離不棄……

那一定不是現實！

對於律子來說，丈夫一定是某種東西假扮來試探的，一旦愛上這個男人，死神便會從她手上奪走，所以她一直對外宣稱自己的婚姻狀態是「喪偶」。對丈夫暴躁不仁，也是對他好而已……

回到倉庫，律子的第三次遊戲。

竟肆無忌憚地向弱質女流出手，這種人死有餘辜！

「奉撒旦之名，召喚死神之鐮刀，劃出死亡的孤線……」咬手

滴血、印血掌、唸咒語……看似精密的儀式，其實一切都是律子自己虛構出來的。基本上，她的霉運無時無刻都在無定向地散發，加上複雜的發動條件，就像運動員在比賽前咆哮來加強士氣一樣。

「我、我們也要這樣做嗎？就像集氣那樣？」其中一人也依樣畫葫蘆，揪起手袖想咬下去。

「不用！因為你們都會受到詛咒！」律子答得像理所當然一樣。

「喂喂，我們是隊友吧……」所有人都傻眼，眼睜睜看著自己被「詛咒」。

「詛咒你們！」律子將血掌高舉過頭，大喝一聲！

什麼事都沒有發生……

然而，某人卻不這麼覺得。

「嗚嗚嗚嗚……這詛咒的力量真強！」Mr.GM 的秒針像羅庚遇鬼一樣瘋狂跳動。

—————— Mr.GM ——————

　　世人篤信命連，也不願被命運絪死。在事情發生之前，總是輕看了命運的力量，到無法解釋的事情發生以後才恍然大悟。

　　「吼啊啊啊啊啊啊啊呀！」野狼三號發狂衝過去，跑到中途被老伯留淌過不停的血水摔了一跤，唯一可稱為武器的萬用刀亦飛脫開去。

　　哎呀呀，腳底沒有防滑設計的確是我的不足。可是偏偏在這個時候滑倒，會不會有點兒那個⋯⋯

　　「嘻嘻，真可惜。」手一推，刀尖沒入小恩的喉嚨。

　　「呃⋯⋯藍⋯⋯」小恩發出溺水的聲音，血水從鼻孔唏哩嘩啦噴出。

　　刀拔出，血柱從喉頭缺口瘋狂噴濺，小恩順著勢往前仆倒，血液不偏不倚地飛彈到野狼一號的眼睛裡。

　　線視被阻，野狼一號慌忙地擦拭眼睛，可是因為狼的手套關係，血液被越塗越開。我當初並沒考慮到這一點，下次我會好好反省的，但偏偏在這個時候，未免也太⋯⋯

　　「細周！現在！」阿藍大聲唬嚇。

「啊啊啊啊！」野狼三號站起來，跑過去將萬用刀拾起。

「別過來……」野狼一號仍睜不開眼，拿著武士刀亂揮，一腳踏在小良的頭顱上，像踩到足球般失去平衡，來不及反應往後摔倒。

「碰喀」野狼一號後腦撞在門把上，發出詭異的悶響，雖看不見表面傷口，但他在碰撞的一瞬間猛地震了一下，接著就一動不動起頹坐在地上。

「死、死了嗎？」野狼三號拾起萬用刀後趕緊走過去。

「老伯……」阿藍指向血流過不停的垂死老伯。

「別管我，良仔死了，我活下去也沒意思。」老伯痛哭著爬過去小良身邊。

「細周，萬用刀給我……」阿藍。

「吶，對不起，都是我沒用，竟然抽中這種爛東西，這種沒有開鋒的刀要來幹嗎……」野狼三號悲憤不已，將手上的萬用刀遞給阿藍。

「刀沒有開鋒不就跟你一樣嗎？你根本不想傷害任何人，看上去你只是個窩囊廢，儒夫，一點用都沒有……」阿藍打開開信刀，又打開螺絲刀，接著又打開了開瓶器。

「可是……你才不是沒用呢。萬用刀這東西，只要使用得當，便是最有用的活命工具了。」阿藍笑笑，從暗處打開了一樣普通萬用刀沒有的裝置。

鎖匙。

「我想，所有房間的門都是被鎖上的。勝出的關鍵是在於找到開鎖的工具。所以你，就是善良的狼。」阿藍把萬用刀拋給野狼三號，又說：「快點把這遊戲結束吧，拖越久越不妙。」

野狼三號趕緊嘗試用鎖匙隨意試開其中一個房間。果然，門鎖「咔」一聲就打開了。

「來，我扶你！只要進入這個房間便成了。」說畢，他將阿藍扶起並支在他的肩膀上。

看似勝利在望。

然而，厄運是最喜歡將希望吞噬的。

野狼三號跟阿藍都沒有察覺到，一道身影正站在門外。

「是哪個哪個哪個哪個哪個哪個哪個哪個哪個哪個哪個哪個哪個哪個哪個哪個？啊哈哈哈哈哈哈！好棒好棒！將所有最差的巧合連環爆發！這個女人的能力實在太棒了！」那該死的身影正好躲在攝

錄鏡頭的死角位置，我看不清到底是誰，真倒楣……難道那女人的力量連我都受到影響嗎？！

雖然我可以尋找其他螢幕看看是誰不見了，但是……保留神秘感比較好玩啦。

只見那身影緩緩蹲下……

身體蜷曲，像彈簧壓縮到極限一樣。

爆發！

身影從螢幕的角落彈出，以短跑選手比常人更闊的步履迅速拉近與野狼三號跟阿藍的距離。能做到如此強韌的動作，玩家當中恐怕只有一人！

占士！

啊啊，差點忘了，還有他這個變數。

受到暴躁女的無差別詛咒，占士在途中一腳踏在老伯的血泊上，狠狠地摔了一跤。

但是，他並沒有因此而減慢速度，反而順著跌勢改變了行進方向，拾起了地上的武士刀。

翻滾了幾個圈，半身被多人混雜而成的血染紅，雙腳重新抓住地面，雙手握住武士刀，高高躍起。

野狼三號就在眼前！

占士高舉武士刀，瞟了它一眼。刀鋒跟刀背拿反了⋯⋯ 真是可怕的詛咒力。

「沒關係！」騰空的占士將身體往後彎，像把拉滿了的弓。

殺狼！

「咚⋯⋯咚咚咚⋯⋯」阿藍霍然感覺到扶著他的野狼三號身體猛然一震，還像個脫線木偶般，整個人依偎在他身上。

「幹嗎⋯⋯？」阿藍抬頭一看⋯⋯

找不著頭。

「細周！」阿藍崩潰大叫，虛弱的他承受不住重量，連帶著一具無頭屍體仆倒在房間內。

「嗶嗶嗶嗶嗶嗶嗶嗶！遊戲結束！勝出者是羊！」我用咪高峰廣播。

「咦，殺光狼就完了嗎……」占士一刀揮空，才察覺到手上的武士刀突然消失了。

他似乎還未搞清楚遊戲規則，從頭到尾只依循身體行事，想做什麼就做什麼。包括打我……他媽的。

「恭喜各位生還者，依據遊戲規則，只要到遊戲結束的一刻起，仍未斷氣的玩家都是勝出者。而勝出的獎勵是黑卡一張。你們可以選擇將它折斷，這樣會使你永遠退出遊戲，返回你們正常的生活。但是……」

時間到了。

「我更希望你們可以將黑卡保留，使在將來使用它，而不是折斷它。」

「好了，詳細就等我會跟大家見面後再說。」說畢，我啪一聲彈響手指將貨倉內所有鐵板以及房間都一概消除掉，當然也包括隱藏攝錄機，控制室的螢幕，還有控制室本身。接下來跟被剩餘下來被挑選的玩家見面，只需要一個普通的貨倉就夠了。

「哎呀！」我正坐著的椅子也一併消失，害我吃一屁股狗屎。

抬起頭，所有玩家都以怪異的眼光望著我……

真倒楣。

GAME
狼 與 羊

羊方

RULE.1　　從狼群中尋找善良的狼，並將狼帶到任務房間。

RULE.2　　當羊完成任務，參與的狼和羊一同視為勝出。

狼方

RULE.1　　利用黑卡變成的武器，將所有羊殺死，即視為勝出。

RULE.2　　善良的狼可能知道自己的特殊身分，也可能不知道。

RULE.3　　不論狼將羊殺光，或羊完成任務，狼只要生還便視為勝出。

———THE WORLD 世界———

　　視線豁然開朗，有關遊戲的一切佈景已經消失，只剩下一個空蕩蕩的貨倉，彷彿剛剛什麼事都沒有發生過。留下的，是經過一場激烈的大亂鬥後，濃厚的戰慄氣氛。

　　還有痛苦地死去的，和倖存繼續受苦的玩家。

　　唯一對這氣圍非常滿意的，就只有遊戲的始作俑者，Mr.GM。

　　「空氣清新多了。」律子施放詛咒到自己滿意了，站起來甩一甩已經不知何時止了血的手。

　　她的周圍躺著跟她一起逃跑的幾名玩家，從他們僵硬而痛苦的表情看來，明顯已經斷氣了。是怎樣死的？相信問律子也不會有答案。

　　Mr.GM 裝作不經意地拍拍屁股的灰塵，步向貨倉的中央，也就是剛才戰鬥最激烈的地方。

　　「你到底把人命當成什麼？！」阿藍悲憤得完全忘掉自己的身體有多虛弱，奮力往占士的臉上就是一拳。

　　這奮力的一拳重重命中占士的臉頰，揍得他整個人退後了幾步，但卻堅持沒有倒下，只是以彆扭的姿勢站著。

占士並沒有練得一身像坦克車般的壯碩肌肉，包裹著骨骼的全都是使他行動時更暢通無阻、以實用性著稱的結晶體。要打個比喻的話，可以想像成一個以強韌物料製成的彈簧。

彈簧受壓的力量越強，回饋力量也就越強。

「碰！」占士扳回身子，回敬阿藍一拳。阿藍整個人都誇張地飛彈開去。

「硬要說的話，人命就像路邊的小石子，是小孩子看見都會忍不住踢它。在這世界上我唯一重視的就只有我的父親，所以我沒有殺死他。」占士摸摸灸熱的臉頰，說：「你也是一樣，我隨時可以將你踢死。」

「大家就別吵了，好不容易才湊夠數，嘻嘻～」Mr.GM 出現在各人面前。

「大笨鐘！」占士像小狗看到飛彈中的球一樣，想都沒想就衝過去。

拳頭撲空，此料不及的占士失去平衡跌倒在地上。

「上次我是始料不及才被你打中的。這次，我不會大意了，嘿嘿～」Mr.GM 的身影變得像薄霧一樣毫無存在感。

　　這時候，從頭到尾都沒參與過戰鬥的小女孩好不容易才止住了哭泣，畏手畏尾地走了過來。

　　「唔……明顯的戰力不足，但不要緊，人數可以日後再補齊，時間無多了。」Mr.GM 盤起雙手，磨擦著大鐘的下巴位置。

　　「首先，恭喜大家能夠勝出這個遊戲，現在我先每人派發一張黑卡。」Mr.GM 從口袋裡拿出四張黑卡，分別遞給每個人。

　　「又是這種爛東西！黑漆漆的髒死了！」律子一手搶過黑卡。

　　「黑卡除了可以讓各位退出遊戲之外，還有一個主要的用途，就是真實地呈現出使用者的渴望。就如同剛才的遊戲，狼所使用的手槍、武士刀和萬用刀就是一個例子。黑卡呈現出來的，並不局限是現實看得見的實物，也可以是一種無形的力量，至於強弱，就要視乎使用者的意識力量有多強嚕。」

　　「我們究竟在什麼地方？」阿藍臉上腫了一大塊，腦袋仍是昏昏的，於是直接坐在地上問。

　　「唔……的確是好問題……」Mr.GM 點頭，正想開口回答，卻被人打斷了。

　　「你是什麼人，我家的鐘都被你搞砸了。」占士彎低身子，想著什麼時候趁虛偷襲。

「我……」Mr.GM。

「你殺了我的丈夫！什麼時候你會去死一死？」律子也參一腳。

「我想回家……」小女孩眼眶紅了。

「喂！等等！我才沒有殺你的丈夫啊！你的丈夫不是還健在嗎？」Mr.GM 反駁。

「不可能！他到現在都沒有拋棄我，那個丈夫肯定是其他人假扮的，我的丈夫已經死了！我要詛咒你！」律子言之鑿鑿，又想揪起衣袖咬自己的手。

「冷靜、冷靜！讓我慢慢解釋吧，別詛咒我！」Mr.GM 從口袋掏出手帕擦臉，氣勢完全遜掉。「咳咳…… 怎麼偏偏選中了這些玩家啊，真是的……」Mr.GM 暗暗嘟囔。

「讓我逐一解答吧，這個貨倉是我創造出來的空間。是唯一將意識世界連接著現實世界的空間。」Mr.GM 緩緩地說。

「意識世界？」

「簡單來說，你們正在生活的世界，只是倖存人類用意識共創的思維世界。要用維度來說的話，是人類未能觸及的世界。」

「說了吧，我的丈夫已經死了！哈哈哈哈！」律子不知在高興什麼個勁。

「你的意思是，我們正活在一個用意識來虛構的世界裡？一切都不是真實的？那麼現實世界呢？」

「根據你們人類的說法，已經滅亡了。」Mr.GM 雙手一攤。

「哈哈哈哈！我詛咒了全世界！」律子振臂狂呼。

「人類用意識共創一個只有意識的世界繼續生存，就像做夢一樣？」阿藍追問。

「沒錯，簡明點說，就是很多很多人一起做一個夢。」

「怎麼可能？」

「怎麼沒有可能，就像很多人一起看同一本書。大家在腦海裡幻想出來的世界都是一樣的，對吧？」Mr.GM 喜孜孜的秒針豎了起來，似乎在為自己找到個完美的比喻而高興。

「人類本來身處的世界就只有三個維度，嘻嘻，遜爆了～ 但因為那次……你們人類一手造成的罪孽惹怒了地球，令它進入了活化狀態。地球可不是好欺負的～ 呵呵呵，距離上次地球活化，就令當時的巨無霸恐龍滅絕了。」

「…………」眾人都傻了眼，只剩下律子生硬的笑聲。

Mr.GM 所說的，實在太超乎現實了。

「對！你們人類就像個呆東瓜一樣，完全沒有察覺到事情的變化咧～ 實在發生得太突然，相比起你們最愛的那些災難電影，隕石甚麼的重重摔落地球還要快很多很多，就連『哎呀，災難要來了！』都還沒趕得及叫出來。」

「人類的預期意識，跟現實差距太大了，所以嚕，就出現了這個共建的意識世界。以你們人類的說法，就像那些可笑的鬼故事般，死去的人還無法意識到自己已經死亡，靈魂仍停留在人間，像傻子一樣來回踱步般哦～ 哈哈哈～」

「到現在還未明白？傷腦筋，乾脆讓你們親身體驗吧。」說畢，Mr.GM 步向貨倉的門，爽快將它打開。

所有人都被外面吹進來的熱風，吹得閉上眼睛。

「嗚……咳咳……」這個時候，躺在地上奄奄一息的老伯突然醒過來。

Mr.GM 小心翼翼地先把門關上，以防萬一，畢竟有過玩家偷跑的前科嘛。

「哦哦哦～ 原來你還沒死掉⋯⋯？」Mr.GM 走到老伯面前蹲下來，湊前到鼻子貼鼻子的距離：「不過也只差一點點吧？」

阿藍突然想起什麼，急步走過去問：「將黑卡折斷，永遠退出遊戲，到底是什麼意思？之前我遇過曾經折斷黑卡的女孩子琳，她好像完全忘記了我。」

「你還沒攪清楚？她重返『正常』生活了咧～ 她的意識會完全與這個現實世界的維度脫軌。好好好，再打個比喻說，你在做夢時，也不會記起昨天的夢是怎麼樣吧？」嘩啦嘩啦，做夢這個比喻真是太讚了！ Mr.GM 禁不住再次讚嘆自己。

「反正老伯很快就會在這裡死掉，他永遠無法返回那個意識世界了。」Mr.GM 再補一句。

「若果我用黑卡將他送回意識世界呢？」

「這裡是現實世界，他的意識死後，外面的軀體也會像植物人一樣慢慢死去。送他回去的話，他會活得比現在長，不過意識薄弱也活不多長。意識世界的時間流動方式跟現實不一樣，就像夢裡好像過了很長時候，醒來後原來才過了半小時這樣；也就是說，他在這裡撐過半小時的話，大概也可以在意識世界裡活一段不短的日子了。」

「在夢裡，小良會回來嗎⋯⋯？」阿藍低著頭問。

「小良死了，在意識世界他也不會再出現，但會依照其他人的意願將他的存在補完，完美無瑕地～」

「就像姊姊那樣⋯⋯交通意外⋯⋯」阿藍緊握拳頭，拚命不讓回憶從腦海中湧現。

可是，失敗了。

「嘻嘻，魚缸變成巴士，嘻嘻哈哈，這個有點難笑。」Mr.GM雙手抓住分針秒針抑壓笑意，又說：「大大大前提是，黑卡是非常珍貴的物資哦，我不會將它交給垂死的人咧～」

「黑卡，我有！」阿藍想都沒想，將黑卡放在老伯的掌心：「老伯，後會有期。」

「喂喂喂喂！小子！你沒聽清楚我說嗎？黑卡是非常非常非常珍貴的喔！」Mr.GM搖晃食指提醒他。

沒聽 Mr.GM 的勸阻，阿藍還是將黑卡在老伯手中折斷。

突然，包裹著老伯的空間逐漸扭曲，他的身體就像壞掉了的電視一樣失去實體輪廓。接著以黑卡為中心出現了一個黑漆漆的漩渦，很快地將老伯整個人吸進去。

「我可警告你喔，雖然在意識世界裡他還是一個壯碩的老伯。

可這裡是現實世界，意識所受的傷害，外面的軀殼也會跟著一起受傷，所以並不能改變他快將死亡的事實。」Mr.GM 顯得有點不悅。

「明知也好，假的也好，愛做夢，就是人類的特性吧。」阿藍站起來，淡淡地說：「姊姊在遊戲中死亡，在意識世界變成交通意外，但當我跟著子琳去到她的學校時，為何我會看見……」

「一團黑吧？這就是意識的崩潰了。所以，我就說時間無多，你竟然還有閒情去救垂死老人。」

「我在虛假的意識裡，白白活了三年啊！請你給我好好解釋一下。」阿藍回想起自己沉浸在痛苦之中活了三年，現實世界裡竟然只過了或許數天的時間。

「聽好了，在外面現實世界死掉的玩家，有可能被火山爆發的石頭砸死，有可能被氾濫的河水溺死，也有可能活活被餓死，天曉得火冒三丈的地球會做什麼事來殺死人類啊，當然了還包括在遊戲中死掉啦。當某個人的肉體死亡，意識也會自然死掉。在意識世界裡，會出現各種『能夠預期』的方式離開，也就是你姊姊的交通意外了。但若果死的人越來越多，共同意識無法補完空缺的話，便會出現『黑』的情況了。」

「現在意識世界的狀況尚算紮實，但隨著現實世界越來越多人死掉，你們的意識世界便會逐漸崩塌。我沒辦法將所有人類帶回

現實，這個貨倉的大小和遊戲人數已是我的極限，所以⋯⋯唯一的方法，就是繼續進行遊戲，盡快選出新的領導者。」

「我是世界的新領導者嗎？就像人類的父親一樣？」占士拍拍胸膛。

「人類的父親嗎⋯⋯ 哈，真有趣的說法。不過，你們只算是候選人而已，還要在眾多後選人之中脫穎而出才行。現在，就先讓你們看一下真實的世界吧。」Mr.GM 再次將門打開。

所有人都屏住呼吸，免得被吹進來的熱風燙傷氣管，占士臉上的笑容垮下來了，阿藍跟律子都不知能給予什麼反應，只是錯愕地望著前方。而小女孩，根本對領導者完全沒有概念，她只是搗住耳朵，蜷縮著身體，嘴巴在一開一合不知在叫嚷什麼。

阿藍撇過頭，想聽清楚女孩在說什麼。可是沒有辦法，聽不見⋯⋯

好吵！

遠方響起的爆炸聲，巨物互撞的巨響，結構性物件崩塌的瓦解噪音，三種加起來無間斷地震動耳膜，即使搗住耳朵，亦能從眼前景物的震盪感受到震撼感。

Mr.GM 瞟向女孩，這是神聖的選拔賽啊！哭哭啼啼的煩死了⋯⋯

Mr.GM 一手鉗住女孩的頭顱，另一隻手抓住她的雙腳，硬將整個人拉直：「給我看清楚啊！這就是現實了！明白嗎？若果不是人數不足，我早就把妳送回意識世界裡。」女孩無法掙扎，只能雙手亂晃。

「貨不對辦啊，這根本不適合人類居住，我要來幹屁啊？」律子往地上吐口水，滋一聲唾液就被蒸發掉。

「妳搞錯了，人類。」手一甩，Mr.GM 將女孩扔到後方：「不是地球不適合人類居住，是人類不再有資格住在地球而已。」

「那我詛咒這個地球！」律子完全強詞奪詞，無法溝通。

「咦……等等！婆娘，妳是日本人吧？那麼妳應該在其他組別的，難道是我搞錯了？不可能嘛……」Mr.GM 歪著頭自言自語。

「我丈夫是台灣人，我是去公幹時認識他的，怎麼了？！你不滿意嗎？」律子抬起下巴，以挑釁的眼神回頭望著 Mr.GM。

「唷唷，那麼『事發』的時候妳在台灣吧？！台灣台灣台灣，是我負責的區域，那就沒問題了。」

「你是第二次提出『事發』這個詞彙了，遊戲的玩家會跟『事發』時的地區有關係嗎？」阿藍問。

「小子你真是留心聽書的好孩子。沒錯！所以你和你姊姊，老伯和他的孫兒，因為事發的時候正好在一起，所以就一起被挑進來玩遊戲了。」

「嘿嘿嘿嘿哈哈哈哈哈哈，原來是這麼一回事……所以我才會看見……」驀地，不遠處傳來笑聲。眾人循著聲音望過去，看見一個身影站在小丘上。

「誰？！」律子像惡犬一樣咧嘴。

「我就是上一代的地球領導者！帽子！」從地上噴向天際的火柱照亮了那身影的臉，他正雙手叉著腰，威風凜凜地站著。

就跟英雄的登場一樣！

「上一代的領導者？！」阿藍戒備。

「殺了他就可以了吧？」占士像豹一樣蹲下來。

「詛咒你！」律子將手指放進口內，用力一咬。

「等、等等！我只是隨便說說而已，能遇見其他活著的人實在太好了，我嗚嗚嗚… 發現了另一個自己，他……我自己……我另一個自己好像快要死了。」自稱是帽子的男人連忙解釋。

「喔喔，原來你還沒有死嗎？太好了，對戰力多少有點幫助。」

「嘻嘻，我叫軍澤，大家好。」軍澤搔搔頭向大家打招呼。

「彈。」律子把手指的血濺在軍澤的臉上。

「噫！好髒，妳在幹嗎？」軍澤連忙抹掉臉上的血。

「你已經是我的奴隸了！」律子答得理所當然。

「吓？！喂喂……鐘先生，你還是帶我回倉庫好了，或者你能跟我去救另一個我嗎？他……我……他死了我沒關係吧？」

「那個他就是你，所以他死了你也會死，就算你回到倉庫也無辦法改變這個事實。你剛才一直在旁邊偷聽吧，應該知道發生什麼事……」Mr.GM 聳聳背。

「嘿，當然知道，我可是上一代的領導者……」軍澤掃視各人的眼神，根本沒人理他，他雙肩垮下來說：「嗚……世界末日了。」

「人類，對你來說，世界末日是什麼？就是人類被殺光嗎？」Mr.GM 問。

「不然有別的答案嗎？」軍澤想都沒想。

「你有沒有想過，生活在這個地球上的動物，有很多都是被人類殺光導致絕種的，對牠們來說，世界早就末日了。」

「…………」軍澤無法反駁。

「剛才你說的共創意識世界萬一崩塌了，現實世界會變成怎樣？」阿藍蹲在地上，隨手拾起一堆熱沙。

「全地球的人類都會像植物人一樣永遠無法醒過來。地球的恢復能力是非常強的，只要沒有人類繼續破壞的話，相信很快就能恢復原貌，至於誰來成為下一個管治地球的物種，就看宇宙定律的旨意了。」Mr.GM 突然變得認真。

「你能幫我們將意識送回自己的軀體嗎？」阿藍的問題總是有點建樹。

「別少看我。」

「你可以逐少將人類傳送到貨倉吧？這樣我們就能繼續生存了！」

「可以，但這是人類的事。地球不爽人類的狂莽自大，要來個大清洗，要麼在僅餘的時間選中新的領導者，要麼就滅絕。」

「鐘先生，你到底是人類的敵人，還是朋友啊……？」軍澤神經兮兮地察看周圍有沒有從天而降的石頭。

「可以是敵人，也可以是朋友。我的角色只介乎於觀眾與遊戲主持人之間，要將人類滅絕的話我想這個星球絕對不會反對。」

「說得～～～～～真對啊！」

突然，一道像炮彈的東西直轟向 Mr.GM，強力的衝擊波將所有人吹飛到幾米以外，還使大量沙塵揚起飛散。是火山爆發還是外星隕石嗎？

不……是比隕石更快更大威力的東西。

以這種速度砸向地面，必定會造成像隕石撞擊地面的深坑。但是，剛才頂多只造成了沙塵飛散，連丁點撞擊聲響都沒有。

沙塵漸漸散去，勉強能看清前方的狀況。

「UTC+9……」Mr.GM 被人壓在地上。

「速度太慢了！選幾個人類也要花這麼久！？要不讓我來幫幫你吧！？」沙塵仍未完全散去，仍未能看清是誰將 Mr.GM 踩在腳下。

「你們先回去……」Mr.GM 伸出手掌對準我們。

「遊戲……才剛剛開始啊！」上面的人說。

—— 日 常 · 生 活 ——

　　人類熟知的物質形態，固態、液態、氣態……而「水」（化式：H_2O）是由氫、氧兩種元素構成的無機物，是能夠在不同溫度下轉變形態的特殊物質。

　　人類的軀殼有超過 50％以上是由液體組成，卻無法像水一樣隨意轉換形態。

　　曾經有科學家提出大膽的假設，若人類的軀殼能以粒子分解後再重組，人類便能穿越時空。

　　當然，人類連自己的大腦構造都未能完全瞭解，一切都只是空談。然而，這僅限於在人類認知的範疇。又或者，人類的意識，根本就沒有形態可言吧？

深夜寂靜，街道除了寥寥可數的街燈，四周一片漆黑，沒了爆炸聲，沒有無法估計是如何造成的巨響，連車輛駛過的引擎轉動聲都聽不見……

　　好靜，落差好大。

　　五個剛經歷生死邊緣、遊戲的倖存者，耳膜仍猶在嗡嗡作響，對於剛才親眼目賭的一切，只有特技科幻電影才有的情節，相比起眼前的平靜，顯得太沒真實感。

　　「…………」阿藍凝望著自己雙手，一開一合，為剛才的空間穿越而神色迷離。就剛才……　他確實看見自己的身體變成一道漩渦。

　　是情況太緊急嗎？！跟之前遊戲結束後的傳送方式完全不同。再說，將 Mr.GM 踩在腳下的那個人，是什麼一回事？

　　「臭鐘！不是送我回家嗎？混帳！我的家在台灣啊！」律子向天大吼抱怨。遠處立刻傳來嬰兒的哭聲，幾戶人家亮著了燈。難得的寧靜，一下子被毀了。

　　「上次也是這樣……」占士對上一次也被送到荒郊有點不滿，是因為揍了 Mr.GM 的緣故吧？！真小氣……

　　他凝視著手上材質特殊的黑卡，漆黑似墨的顏色雖然沒有任何條紋，卻彷似看見它在緩緩轉。

「笨鐘的東西，我絕不會用。」占士低聲說，便將黑卡塞進褲袋裡。然後，抬頭望向四周，一臉射精過後滿足與疲憊。沒差，只要能繼續遊戲就夠。

「對了，妳要上我的辦公室嗎？我跟妳的情況一樣，妻子剛離世，我也暫時不想回家……」軍澤一臉誠懇，眼睛卻不時瞄向律子的胸脯。

「好啊！被我的血液洗禮過真不一樣！哈哈哈！」律子聲量完全不受控，幾隻野貓在低鳴控訴。

「哈、哈哈……」妻子是什麼？可以吃的嗎？！哈哈，回去就讓我好好教育妳這女人。軍澤心裡想著，一邊牽強的附和地笑著。

「父親也應該醒來了吧？讓我回家看你。」占士指骨喀喀作響，扭動頸子，表情完全不像要去看父親的樣子。

「那麼，在下次遊戲來臨之前，大家努力活著吧。」阿藍說罷，便冷冷的回頭離去。

「那個……我……」女孩說道。

「喔。我叫管家也送妳回去，下次當我的跳板。」占士說話像似了清理家居時處理雜物的語氣。

「嗯。」女孩不明所以，緩緩地點點頭。

　　各人沒有難捨的道別，也沒有互換聯絡方式，因為心裡知道，遊戲還會繼續，那時候就能再見面。但也許下次見面，將會是永別之時。

──────── 占士 ────────

大宅，夜色映照下像個吸血鬼的古堡。

一輛很有氣派的黑色驕車拐進花園，繞過中央的噴水池，不偏不倚地停在正門，門前已站著數人在等候。

司機停車後，急忙跑向後座打算開門，車門卻更快地被裡面的人一腳踹開。

一位少年大踏步走出來。

「少爺，這次你去了四天，還帶著個不知名的小女孩回來，到底……」管家彎腰鞠躬。

「送她回家，若下次遊戲她沒出現，回來我就殺了你。」占士毫不掩飾地吩咐慌亂跑回車上的司機。

「知、知道。」因他是父親旗下只會聽命令的狗。

「少爺，老爺在房間等你。」

「父親醒了？！什麼時候的事？」占士原本打算強裝微笑，裝了一下心想還是算了，又馬上回復到面無表情。

「……」管家沒有回應，只揚起一隻手示意占士進去。

走進屋內，一切裝潢依舊，這個家雖然沒有另一個頂層住處的頂級風景，但聽說這裡空氣較好，有助父親養病；更重要的是，在這遠離市區的荒野，處理屍體容易找地方，每次進來收錢的警察也好辦事，一舉數得。

　　「咯咯。」占士有禮地敲敲房門。

　　「直接進去就可以了，老爺在床上等著。」管家說話時沒看占士一眼，反而將視線放到占士身後的景色。

　　不知從什麼時候開始，占士用非人方式鍛鍊自己，使身體在發生任何情況下，都能瞬間作出反應，就像拳擊手不用眼睛捕捉拳頭就能避開，就像棒球手單看投球手的眼神便能預知球的揮擊點。

　　單單是站在門外，占士便能感覺到房間內有像尖刺般的殺氣。

　　占士向管家硬擠出笑容，然後推門進去。

　　「你⋯⋯終於回來了！」占士父親的臉上還包紮著滲血的繃帶，說話時露出斷掉的門牙。

　　「父親，要換繃帶嗎？開始滲血了。」占士一邊走近。

　　「是你造成的！是你把我打成這樣的！」父親大聲喝罵，充滿攝人的威嚴，占士小時候最害怕的，就是父親發怒了。

看樣子不單止身體恢復了，頭腦也清醒了。

占士再踏前一步，房間內一直被忽視的四個人也踏前一步，以扇形將占士圍住。

四人體格魁梧，就算穿上西裝，也能隱約看到滿身橫練的肌肉。以站姿看來，四個都曾受過格鬥技的訓練。

「家醜不外傳。我沒打算報警，就直接對外宣稱兒子到外國留學吧。」父親說得明白不過，他打算以牙還牙。

占士沒有反駁，反正道歉也太矯揉造作，他只是放鬆全身肌肉，開始在原地輕輕跳躍。

四人在大眼瞪小眼，看著占士越跳越高、越跳越快。

「還不夠啊⋯⋯」占士緩緩地說。

其中兩人亮出匕首戒備，包圍的陣式也稍微有點變換，看來這班人不止接受過格鬥訓練。一般以多敵寡的情況下，人多的一方亮出武器，既會怕誤擊同伴，同伴進攻時也會有所顧忌，反而會亂了陣腳。

然而，眼前四人不止不亂，感覺還比剛才更危險。

「不夠、不夠⋯⋯」占士一邊跳，一邊大力拍打自己的臉。

四人互打眼色，瞬間一起衝上去。

占士站穩。

「你們⋯ 還是不能讓我笑起來啊。」

十分鐘後，占士打開房門，左眼腫得無法睜開，單手捂住右方肋骨，一拐一拐地步出房間。原來，管家一直站在門外等候。

「父親睡了，不要吵他。」說畢，占士往旁邊吐了一口鮮血。

「是⋯⋯」管家還是不敢抬頭跟占士對視。

「咳，叫那個收黑錢的警察來。」占士站到管家面前。

「是⋯⋯」管家的頭垂得更低。

「順便幫我多找些格鬥家來。」

「要、要哪種？」

「要錢不要命的那種。」

「知道。」管家點頭後急步離去。

「管家。」管家被叫住，僵在原地。

「你要長命百歲喔。」

「謝謝。」管家的背脊，不知何時沾滿了冷汗。

　　一座建於商業中心區的甲級商業大廈內。這辦公室算是軍澤的第二個炮房，因為平時跟這裡通宵守夜的保安有點交情，這辦公室算是軍澤的第二個炮房。不管是從酒吧撿走醉娃，還是想要用性愛來轉運的女生，軍澤也會半夜時分將她們帶來這裡。「我是專業的心理醫生喔，騙色之徒因為心有鬼，他們才不會跟妳收錢。」軍澤每次都煞有介事地說，結果是騙財又騙色，再順道將部分診金給保安疏通一下，他們自會三緘其口，以後半夜進出就方便了。

　　接下來，軍澤早就打算向旁邊這位並肩等候升降機的女人下手，他抬頭望一眼升降機的樓層顯示屏，裝作不經意地從頭到腳掃視律子的全身。

　　臉孔滿分，身材無可挑削，雖然怨氣是重了點，但這種賤貨在床上一定悶騷到不行。視線慢慢下移，上班族女性的典型裝扮，纖幼的黑絲長腿配上高跟鞋，簡直是一件藝術品。

　　「對了，剛才我不小心聽見了，妳丈夫剛過身，一個女人一定很寂寞吧？！」軍澤嘆了口氣，雙手插褲袋：「我也是一樣，妻子意外死了之後，我一直都……」

　　「叮！」升降機門敞開，律子沒理會軍澤說話，逕自走進去。

「反正世界快末日了，不如我們放下一切道德包袱，來一場轟轟烈烈的……」

「叮！」升降機到達。媽的！怎麼每次時機都這麼衰。

「這裡就是你的辦公室嗎？哈哈哈……真有你的。」律子用力地拍了拍軍澤的背。

「工作忙的時候，我都在這裡睡，所以裡面有睡房跟浴室，妳就隨便用吧。」軍澤指向用木板做的橫敞式木門。

「嗯。」律子爽快地脫下高跟鞋。

「累了吧？一個女人，別逞強了。」軍澤雙手搭在律子的肩上，手指溫柔地按摩。

「嗯…… 大力點。」律子索性把外套脫掉。

「好的。」

「大力點！沒吃飯啊？！」律子態度囂張。

「嗚……」軍澤死命地按，按得咬牙切齒。

「男人都是靠不住的，丈夫死了、父親死了、前男友聽說分手

後也死了……」律子滔滔不絕地說出自己的不幸經歷。一開口，就由自己六歲開始說起。

一說，就停不了。

越說，就越暴躁……

終於，律子說完了整個悲慘人生，突然想到什麼地問：「對了，你為什麼會在現實世界中出現？你也是遊戲的玩家嗎？」

「對，我是遊戲的勝利者，Mr.GM 認為這世間上我已經找不到任何對手了，所以便將我放逐出去。」軍澤胡扯一番。

「我聽見你跟 Mr.GM 說另一個自己快要死了，是怎麼一回事？」律子對任何人的死都有興趣。

「呃…… 可能是我看錯了。我看見一堆人被困在隧道下面，但裡面太黑了我根本看不清楚，當時我實在太害怕了，所以拔足就逃了，哈哈哈。」軍澤搔搔頭。

這是他撒謊時的招牌動作。

「真懦弱，哈哈哈哈。」律子直言不諱。

「妳去睡我房，我睡辦公室就可以。」免得被怨氣纏身，軍澤草草打完場好了。

「唉，諸事不順啊……」軍澤整個人躺在心理醫生平常為客人準備的平躺式梳化上，用手枕住後腦，呆望著純白色的天花板。

這個是意識世界吧，怎麼意識都會覺得累呢？也許人類一直習慣了這種生活模式吧？像咖啡、煙、酒、毒品一樣，最難戒掉的其實是心癮。

眼前只有純白一片，處於辦公室內完全隔絕了外界的聲音，只剩下浴室的女聲，還有自己的呼吸聲，跟現實世界比起來，這裡的平靜顯得太過奢華。軍澤視線漸漸失去焦點，腦袋卻在不斷地重播著他所經歷的事。

軍澤或許能騙過這世上所有人，但卻無法騙得過自己。

夢，有人說是黑白色的。但這不重要，更沒人能夠去考究。

對於夢比較實際的說法，有人說是慾望的反射，有人說是現實的倒轉，又有人說是未來的預兆。

但在意識世界裡，夢只剩下單純的記憶釋放。

狹隘的倒塌隧道內，從大氣中抽取維持生存的每一口氧氣都需花費極大氣力。頭頂不時掉落小石塊，隧道結構隨時瓦解，每活一秒都耗費著畢生的運氣。

然而，軍澤卻不能逃跑，因為這裡有屬於他自己的軀體。

　　「騙人要訣，最重要的就是冷靜！即使被悉破也好，冷靜才能活下來！」軍澤自言自語。

　　建造隧道時，應該考慮到安全性，一定不會這麼容易就塌下來，不然這裡的人就不會一直活到要餓死吧？軍澤想，要救活自己，得先從最逼切的問題著手解決。

　　與其將沉甸甸的肉體搬到外面，隨便都有被砸爛的可能性，倒不如將自己留在這裡還比較安全。好！跨過了一道障礙了，軍澤再思考另一個問題。

　　剛才的遊戲，是夢吧？！還是現實！是夢的話又過於真實，但若不是夢，怎麼竟然會像靈魂出竅般尋回自己、還有宅男、火柴老大、肥婆的軀體呢？

　　「啪！」軍澤摑了自己一巴掌，很痛，不是夢。痛楚順便將無謂的問題驅走，單是想著如何活下來就夠辛苦了，還想去尋根究底未免太不設實際。

　　於是，腦袋騰出了空間，可是又馬上被剛才的遊戲片段佔滿了。誰會在這末日前夕，玩什麼無聊的爭房間遊戲啊？不管是什麼都好，遊戲的大前題是……餓死！

　　的而且確，看這裡奄奄一息的軀體，就算隧道一直維持原狀，所有人不出數天全部都會餓死。

　　包括自己！

　　「餓嗎？」軍澤摸摸自己的肚子，然後又湊向另一個自己的耳邊問。完全沒有饑餓的感覺，但靈魂出竅的自己就不會感覺到餓吧？！唔……到底自己躺在這裡多久呢？完全沒有頭緒。

　　掃視四周，軍澤在隧道的更深處找到其他不認識的人，這些大概就是火柴老大所提到「上一次遊戲因背叛而被放逐」的隊友吧？仔細檢查一下，已沒了脈搏，沒有心跳，但表面找不到明顯的致命傷痕。

　　顯然，是餓死的。

　　果然，就算要撇下另一個自己逃出隧道外，現在最急切性的問題就是解決食物的問題吧？！

　　軍澤看了看尚算新鮮的屍體……

　　單是想想，喉頭便有嘔吐的衝動。軍澤雙手括住嘴巴，吐了會更餓啊！千萬不要！

　　「唔……嗦、嗦……」軍澤括住嘴巴，把臉靠近屍體，使勁地從充滿硝煙味的空氣中試圖嗅出屍體的氣味。

「還沒有發臭呢，味道⋯ 應該跟煙薰三文魚差不多吧。」軍澤苦笑。

接下來的問題，該吃哪一個部分呢？

屍體是男性。下半身死也不吃。胸部跟肚子包裹著大量內臟，聽說人在死後最先腐壞的就是內臟，萬一戳破肚皮後，腥臭的內臟唏哩嘩喇地湧出來就尷尬死了。頭顱就更加不用想了，我又不是電影裡的喪屍。

還是從手臂開始吃吧，沒有複雜的骨骼，血管又不是特別多，拿起來吃也方便，就想像成跟雞腿差不多好了。

自我催眠完畢，軍澤拾起一塊看起來較尖銳的小石頭，用姆指挖一下頂端。唉，這恐怕連雞肉也切不開吧。

「是他吃而已，又不是我⋯⋯」軍澤又望向躺在地上的另一個自己。

對了！還有這種催眠方法！就像大多殺人犯的自辯，是手槍殺人哦！又不是我！是他教唆我殺人罷了，又不是我想的。

「我只是個⋯⋯廚師而已！」咬緊形關，石頭重重砸落。

「啪滋。」石頭響起怪異的聲響，屍體的手臂多了個駭人的傷口，半凝固的膏狀液體緩緩從傷口滴下，然而骨頭仍原好無缺。

「呀、呀、呀、呀⋯⋯啊！」雜亂無章法式亂打，傷口被砸得稀爛，最後一擊石頭還斷開兩截飛脫開去。

骨頭仍舊好端端的，絲毫無損。

「真不愧是人類的骨頭啊。」滿手沾滿腥臭的血膏，軍澤雖然滿頭大汗，汗水滲進眼裡也不敢用手擦掉。

洞裡一下子彌漫著濃濃的血腥味，宅男還躺在一邊「朋友、朋友」的喃喃自語，這刻真有點羨慕他們。

再也找不著其他可用的石頭，軍澤又再次坐到屍體旁發呆，看著那糊爛一片的傷口，血液漸漸凝固了，傷口外面還起了一層半透明的膜。

軍澤用手指沾起一塊肉屑，盡量保持冷靜。

「吃吧，張開口啊。」慢慢將肉屑塞進另一個自己的口裡，仔細確保肉屑已滑進食道。

再沾了一小塊，再吃一口，這個動作機械性地重覆了幾次，軍澤慢慢適應下來，沒覺得那麼嘔心了。說起來，人類果然是適應力強的生物，軍澤幻想古時的人類第一次吃牛時，想必也是跟現在的自己一樣吧。

現在呢？每日世界各地有上萬隻牛排著隊進入屠宰場，被強力的電流電擊腦部，幸運的話會被電昏然後割喉放血；不幸的不止被電得呱呱叫，最後還在半清醒的情況下被屠宰呢。最後，被分類好的牛肉，包裝成高級食材供人類享用。Mr.GM 說得對，也許對於牛來說，那天起就是牠們的世界末日。

吃著、吃著，爛肉吃光了，就用手指去摳傷口周邊的肉吃，另一個自己滿嘴都是凝固了的血，感覺是吃飽了。接著，軍澤又順道餵了宅男吃一塊、臭屁蟲吃一塊、肥婆吃半塊，因為她大概還有很多脂肪可以消耗。

「唔……吃我……」肥婆夢語。

「我才不會吃妳呢，肥婆。」軍澤回敬。

大致上完成了，接下來就聽天尤命吧。軍澤看著每個人都像食人魔一樣滿嘴鮮血，於是沾了些血在每個人的臉上塗鴉，日後大家醒來的時候，一定很好笑。

雖然知道這樣做毫無意義，只是仍能夠苦中作樂的，是活著的特權。

驀地，整條隧道黑了，伸手不見五指。原本一直都靠外面透進來的火光照明，現在一下子全黑了。

　　軍澤本能地回頭一望，他雖然只能隱隱的看見輪廓，但明顯地有一個人在洞外探頭進來窺視著他，與他四目交投。

　　「救……」正想大喊救命，那個人迅速地回頭奔去。

　　「等等！」反正肉是餵夠了，軍澤立刻爬出洞外追趕。

　　狼狽地從石縫間爬出隧道外，那人沒有如軍澤想像般逃跑，反而是站在隧道外不遠處，低頭像是記錄著什麼。隧道外，終於能看清那神秘人的真面目，他的裝扮很奇怪，貌似制服但又說不出是哪種職業，硬要說的話，比較像太空人制服的貼身版本。

　　這種裝備大概可過濾燙熱的空氣，但既擋不了火山爆發，也應該行動不便，到底有什麼特別作用呢？最特別的是，他的裝束一直發出淡淡的光芒，活像個移動的燈泡。

　　「…………」軍澤本能地不再靠近，躲在石後繼續觀察。

　　大概是記錄完成了，燈泡人以不疾不緩的步履離開，不時四處張望。軍澤一直尾隨著，反正周圍很吵，又多掩護物，要不動聲色跟蹤並不困難。

　　最後，軍澤看見前方再沒有不知從哪裡砸落的大石頭作掩護，只能遠遠望著燈泡人的去向。燈泡人朝著一輛像搬運車的東西走過去。

軍澤皺眉定睛一看，車上全都是人類的軀體！

是屍體？還是活生生的將人硬堆在卡車上？軍澤無法確認，只知道燈泡人在收集人類⋯⋯ 而且，燈泡人不止一個！

裝束閃閃發光的很搶眼，在一片煙霧繚繞之中很容易就能察覺得到，穿著相同裝束的燈泡人從四方八面緩緩聚集到卡車上，有的拖著幾個人類，有的站在卡車上幫忙將人類堆疊好。軍澤一直尾隨的燈泡人，朝著站在卡車上的另一個，像是在報告什麼，兩人交談了一會，霍然間回頭，指向軍澤埋伏的方向。

「逃！」軍澤馬上就有這個想法。

沒空理會天空隨機砸落的大石，沒餘暇注意腳下隨時崩裂的道路，軍澤腦袋裡只有單純的想法：「逃命」！

不需要多餘的思考，相比起為了吃飽維持生命機能的需求，逃跑活命更容易理解一百倍。

儘管天空突然爆響，同時冒出了幾個燃燒中的太陽。數秒之後，眼前又有幾座山丘崩塌變成碎石，炙熱的沙塵狂暴將幾棟殘存的枯木捲起。天啊！這種環境下居然還要被不知是外星人還是怪物追殺！

一直亡命地逃跑，中途不知失禁了多少次，臉上爬滿眼淚和

汗水混合而成的液體。直至跑到一個小山丘上，他看見前方有另的人類靠攏在一起，站在最前方的，就是擄拐他去貨倉玩遊戲的人形大鐘……

正好大鐘先生在解釋這個人間地獄是什麼鬼地方。

記憶回放完畢……

軍澤再次睜大眼睛，望著純白的天花板。全身大汗淋漓，精神比睡覺前還要疲累。房間裡，怎麼傳出詭異的怪聲？

軍澤拖著沉重的步履走向房間門前，敞開一小條隙縫窺看。

他看見律子正死命用高跟鞋敲打自己的照片，表情似是在睡覺前做點運動、可以睡熟一點的舒暢。

「難怪會造惡夢啊……」軍澤嘆了口氣。

——— 安娜 ———

　　司機遵照少爺的吩咐，將小女孩平安無事送到家門前。任務完成，女孩的家人是怎樣的人，為何沒有出門迎接失蹤幾天的女兒，甚至連女孩的名字，都不在司機的工作範圍內。

　　看著女孩徐徐打開門、步進屋內已是仁至義盡，司機重新開動引擎長揚離去。女孩回家後，會受到什麼待遇，已不是任何人的責任了。

　　「安娜，這幾天妳去了哪……？」女孩的母親站在玄關，眼神比起家養的狗走失了更加無情。

　　「對不起……」安娜低著頭說。

　　「給我過來！」話沒說完，母親便一手扯住安娜的頭髮，將她拽進房間內。而另一隻手，拿著連打狗都覺得殘忍的鐵棒。

　　接下來將會發生的事，在幾年前丈夫跟她母親離婚時開始，就早已駕輕就熟。

　　但是，安娜將要承受的痛，不論多少次都無法習慣！

　　「妳是想離家出走吧？連妳也想離開我是吧？」母親掄起棒子朝著安娜的背脊猛力揮打。

安娜吃痛，尖叫一聲便蜷縮地上，抱著頭，膝蓋縮進身體下，這是她多次經驗中知道最能減輕痛楚的辦法。

「連妳都看不起我了！」母親邊罵邊打，偶爾會擊中安娜的後腦，她便會猛地震晃一下。

「這是假的吧？這一切都是假的吧？是夢的話，可以快點醒過來嗎？」安娜在念念有詞。

可是…… 這夢好痛！

「還不給我認錯？！」積壓了三天的憤怒果然不能少覷，母親毆打的份量早已超越平常的份量了。

「阿魯，你也是假的嗎？好痛啊……」女娜從雙手的縫間，看見一雙發光的眼睛在房門外靜靜看著。

阿魯，是她養了多年的狗，阿魯很疼錫安娜，每次被打後，都會輕舔她的傷口，舔她的眼淚，依偎在床上陪她入睡。

阿魯吠叫了一聲，平常即使安娜被母親虐打，牠也不吭一聲。因為牠知道，要是牠吠的話，安娜會被打得更慘。

「閉嘴！」

「嗚……」阿魯發出敵意的低吟。

「阿魯⋯⋯阿魯⋯⋯我好痛啊⋯⋯」安娜越是低喃，阿魯就吠得越厲害。

「阿魯⋯⋯」安娜痛到全身顫抖，痛到不想再忍受下去。

「咬死她！」

安娜還是不敢抬起頭來，一直在咳嗽個不停，喉嚨有股濃烈的血腥味，她嚥了一下，發現那不是自己在吐血，可是這血腥味都快嗆到鼻子了。更奇怪的是，嗅著這種血腥味，心情變得好惱，血液也變得滾燙，從血管流淌至全身各處，每當經過受傷的位置，痛楚就變得痕癢難耐，轉化成另一股能量衝上大腦，好討厭！好討厭！好討厭！

整個腦袋都在震怒，好想將這種痛楚發洩出去！

安娜感覺到臉部肌肉全都繃緊，像野獸一樣咧牙齜嘴，很想用緊咬著的牙齒抒發這種憤怒。

直至她聽見鐵棒掉落地面的清脆聲響，接著地板又響起重物墜地的沉重悶響。

其實，暴打早就停止了，只是從剛才起怒火就一直佔據住她的理智，所以才沒有察覺到而已。

抬起頭來，看見阿魯壓住了躺在地上偶爾抽搐的母親，一直噬咬著她的喉嚨。牠每一下低頭啃噬，安娜的喉頭就多一份腥鹹的滋潤。

「是你救了我吧？阿魯。」安娜雙手張開，阿魯便聽話地跑進她的懷內。阿魯用沾滿血的舌頭舔著安娜臉上的淚水，跟以往一樣。

「謝謝你保護我，剛才我在遊戲內，一直呼喊著你的名字呢，你一定也聽到吧？！」安娜摟住阿魯壯碩的身體，撫摸著牠背上柔順的白毛。

「嘻嘻，大白毛毛。」漸漸地，安娜體內的憤怒退卻了，她也聽見阿魯的呼吸變得平穩。

母親一直躺在地上，不知何時已停止了抽搐，喉嚨的血緩緩流淌，地板上形成了一個小血泊。像 Mr.GM 般說，這裡是假的世界吧？！也許是這個原因，安娜不單沒有感覺驚惶，反而有種舒坦的感覺。

低頭一看滿是鮮血的衣服，好臭！

於是，安娜脫光身上的衣服，才發現在遊戲中 Mr.GM 給予的黑卡不見了，是走出貨倉時弄丟了嗎？

不知道。安娜走進浴室，用熱水將身上的鮮血洗刷乾淨，熱水灑在身上的傷口時，有微微刺痛的感覺。

　　「阿魯，你也要洗澡嗎？」阿魯不知跑到哪裡去。

　　「不乖～」安娜嘟著嘴。

　　把身子擦乾，身體輕飄飄的心情舒暢。起初安娜步入大廳時有點害怕，怕一切只是個夢，母親還是兇巴巴的站在門外等待著。幸好，母親仍躺在大廳中央，鐵棒也原封不動躺在旁邊，看來在這個夢完結之前，母親都不會醒過來。雖然有點聽不懂 Mr.GM 的解說，但看來在這夢以外的世界，母親還是活著的，只會像植物人一樣睡著，慢慢死去。

　　「植物人是什麼呢？」安娜從沒看過真正的植物人，單憑字面的聯想，大概是有生命但不能隨意活動的人類吧？！

　　真好，變成植物人的母親不能再動手打自己了。安娜再次舒一口氣。

　　「植物……」安娜又在腦海裡蹦出幾棵植物的樣貌來，菊花、玫瑰、紫紫的很漂亮但不知道名字…… 它們都有個共通點，花莖幼幼的，伸手輕輕一扭，便斷了。

　　阿魯去了哪裡？安娜找遍了整間房子，也在門外附近幾條街

走了一遍，也找不著牠的蹤跡。每次都是這樣，每次被媽媽打後，牠才會出現，一直陪到她睡著，有時是在床上，有時痛到直接在地板上睡著。

每次一覺醒來，阿魯就不見了。

「不乖。」身上散發著香皂的香味，使安娜心情放鬆鑽進被窩裡，閉上眼睛不久，便咕嚕咕嚕睡著了。

意識幽靈。

當人受到難以承受的痛楚，或者怎樣都無法跨越的困境時，便會出現這種現象。意識幽靈跟一般幽靈不一樣，只有當事人能夠看見，所以直至現在，仍未能確實這種由意識創造出來的幽靈是否存在，被心理學家判定為一種病，妄想症的其中一種病症。

意識幽靈可以是任何一種東西，曾有被困在雪山上的登山者聲稱，他看見死去的父親為他引路，最後依據父親指示的方向逃出生天。又有一些例子，當一個人信奉一種信仰到病態的地步時，也有可能出現神明或魔鬼的實體。

另一方面，腦專家從腦科學的角度去研究這種意識幽靈，指出患者的共通點都是處於一個被隔絕、孤獨和絕望的環境，腦裡卻有著無論如何都想生存下去的欲望，很渴望有某種東西守護在身邊，在生理心理和現實的矛盾下所創造出來的幻覺。

意識幽靈，只有創造者能看見它。若然只是單純地出現，或者用作撫慰某種心靈上的傷痛，那就屬於妄想症的範疇。

若果意識幽靈能夠幫助創造者逃出困局，或做一些超乎現實的事來舒解痛苦，那大家都會將它稱呼為……奇蹟。

從很久以前，母親就常聽見安娜說什麼阿魯阿魯的，在細問之下，安娜形容阿魯是一隻全身白毛、體型巨大、摸起來軟綿綿的狗。但是，安娜家裡根本沒有養任何動物，再者，安娜連阿魯是什麼品種都說不出來。

反正只是小孩胡思亂想，母親就順著她的說話去嘲諷說：「去找你的阿魯吧！」、「阿魯不能救妳了！」等等。

結果，母親卻被阿魯咬死了。

當時，母親感覺到身後突然有一股強大的力量撲向她，回頭想反抗，但卻看不見有任何東西。就連驚訝都來不及，那東西就一口咬破母親的喉嚨，想要尖叫求救也沒有辦法，雙手猛力揮撥，想摳又摳不著任何東西。

母親無法解釋這個詭異的現象，自己正不斷被阿魯啃噬著她的血肉。偶爾會咬一口胸脯的肉，稍微掙扎，就會被咬住喉嚨使勁地甩。

自己的肉會被咬到哪裡去？被不存在的阿魯吞進肚子？還是一塊一塊地被甩在地上？

但這刻她最想知道的是，自己什麼時候才會被咬死⋯

他媽的，很痛！

————— 阿藍 —————

　　是因為在意識世界的關係嗎？饑餓跟疲憊感都沒在貨倉裡劇烈，至少能夠靠自己的力量步行回家。阿藍在回家的途中，仔細察看這個聲稱是由人類共同意識創造的世界，看看有沒有其他蛛絲馬跡，歸根究底，他就不願意相信 Mr.GM 的說話。

　　「我的角色只介乎於觀眾與遊戲主持人之間，要將人類滅絕的話，我想這個星球絕對不會反對……」Mr.GM 曾經這樣說過，如果是真的話……

　　就算沒被拖進遊戲，姊姊早晚都會死吧？！而造成這次大災難的主兇，就是人類本身？再說，姊姊的意識已經死了，就算我成為新的領導者，姊姊也不會復活過來了。

　　「那麼，我多年來……」阿藍的思緒被自己打斷了。

　　多年來？！現實世界才過了幾天吧？！

　　一直依賴著復仇的意念，作為繼續活下去的動力。一直相信只要繼續勝出遊戲，就能替姊姊報仇。但原來，殺死姊姊的根本不是 Mr.GM，而是人類……

　　繼續努力下去，還有意義嗎？我應該找誰來報仇？阿藍低頭望著那些不知有何作用的黑卡。

　　儘管如此，阿藍卻不甘就這樣白白死去，到頭來什麼事情也辦不了。

　　「好好活著。」是姊姊給阿藍的最後遺言。

　　在途中阿藍每遇見一個途人便會仔細觀察他們的動態，大多跟日常無礙，而周遭的事物都跟現實一模一樣。路旁欄杆摸上去的材質，晚風吹拂樹葉時的窸窣聲，若果從沒有被拉進遊戲的話，根本無法識別出現實和意識世界的分別。

　　終於，阿藍經過一間鐘錶店，發現裡面的手錶全都在胡亂打圈，忽快忽慢，有時回轉，有時徘徊不定。他停下來定睛細看，所有手錶都以不同的節奏轉動，完全沒有邏輯和規律。

　　剛好有途人經過，阿藍叫住他，請他看一眼自己的手錶。

　　時間是下午三時四十五分，可是黑沉沉的天色，跟周遭的店舖都關門了，明明就是深夜時分哦！更奇怪的是，那途人完全不覺得有何特別之處，就這樣走了。

　　這表示意識世界裡不單止時間失序，這裡的人連正常的時間概念都一同失去吧。

　　走著走著，回到家的門前。這個時候母親應該睡了吧？！或者去了外國公幹，連兒子失蹤幾日也一無所知。

不料，才剛打開家門，連鞋子都沒脫下，便聽見母親從睡房走出來的腳步聲。

「這幾天你去哪裡了？」母親哽咽。

「抱歉……」眼前的母親只是虛假的，阿藍在心裡提醒自己。

但這個虛假的母親，竟走上前緊緊抱住他。

「我之前……沒放太多時間照顧你，對不起。」母親的聲音變得更含糊了。

「媽媽……」阿藍頓了一下，細聲說：「我不像姊姊，總要你操心，對不起。」

母親將他摟得更緊。自從姊姊死後，阿藍就很久沒有感受過這種窩心的溫暖了。

是現實，還是虛構的意識，已經不重要了。若果這只是個夢，就讓它繼續吧。

吃過母親留下的晚飯後，阿藍返回自己的房間，平躺在床上，剛剛一直思考的問題彷若迎刃而解。即使這個不是現實世界，但每個在這裡生活的人都有自己的意識，存在著自己的感情。

每個人都想繼續活下去！

只是，世界不可能再回到以前那個樣子，即使從一開始什麼都沒發生過，世界依舊會變得腐敗不堪，大自然依舊會被人類破壞，人類亦會因為自私的戰爭而大量死亡。

這是個根深柢固的問題。從小孩子進入學校，便被視為一個小社會中生活，只要不參與任何社團就會被同學看不起，校規使學生的視野變得狹隘，就算有聲稱為學生謀福利的學生會存在，也只不過在老師底下做事的走狗而已。

畢業後，來到真正的社會也是一樣，每個大人都掛著虛偽的面具，為了自己的利益而不惜出賣其他人。這樣的世界根本不會變得更好，若果讓這群大人成為新的領導者，世界只會再一次陷入困局。

要改變的話，就要徹底整頓，創建一個沒有虛偽大人的新世界！

每個人在死之前，兜兜轉轉，都在尋找自己活著的證據。有人用事業，以權力向其他人證明自己活著；有人用家庭，繁衍子女令自己感到被需要；有人將自己不斷陷進不同的煩惱上，以逃出困窘來引證自己的存在；有人單純在思考，我思故我在，但最後卻什麼都做不了，鬱鬱而終。

在世界末日前夕，任何事都變得沒意義，活著，就是活著。

不需要做任何事去證明，每多活一天，每一次呼吸，每一下心跳，就是活著的證明。

「這裡也有『黑』……」阿藍在一條小巷裡找到另一個意識缺口。

可是街上的途人對這個突兀的黑洞不以為然，繼續忙碌的生活。正因為有些地方只有少部分人會殘留在意識內，若果用線來記錄每個人每天的生活路線，市中心會被完全塗抹，但窄巷或一些偏僻的地方，只會有幾條寥寥可數的虛線劃過。所以，創造它的意識比較薄弱，一旦構成那幾條虛線的人在現實世界死了，那個地方便會化成意識缺口，「黑」了一片。

阿藍走近去，凝視著這片虛無的黑。要改變這個世界，就必先瞭解它，相比起替姊姊報仇，他更想為姊姊好好活下去。

他抬起頭，耀眼的陽光刺眼得令他眼睛瞇成一線。再低頭看腳下的那團黑，那裡連光都無法照亮，因為太陽是人類所熟悉的意識所創造出來，並不是真正現實的太陽吧？！

阿藍張開手，感受著這虛假的溫熱，時間無多了。

———————— 占士 ————————

「哈、哈哈哈…… 亮出刀子…… 這退休軍人好有趣。」占士
生硬的笑著，卻目無表情。

「少爺，要叫醫生吧？！」

「不用……這是假的。」占士彎腰，低頭看著插進腹內的匕首。

「我是說，他會死掉的。」管家用眼神瞄向那已倒地不起、胯
下被連續踢十多下的退休軍人。他臉容扭曲，褲子染紅了一大片。

「他也是假的。」占士屏住呼吸，一下子將匕首拔出，痛得眼
淚直飆。

將來世界會變成怎樣，又會由誰來統治，占士對這些問題毫
無興趣。只有多活存一秒，都要憑自己的意志行事，想做什麼就
做什麼，現在能夠操控他的，只有他自己。就算要殺死新的領導
者也好，順便砸爛那裝模作樣的笨鐘也好。

「管家，幫我扔掉那些鐘，我看厭了。」占士視掃滿房間的鐘。

「為什麼？你之前不是……」

「因為我們很快便會再見面。」占士嘴角微微上揚，敞開窗簾，
任由陽光灑在身上。

辦公室內，一男一女。

一個做惡夢，一個本來就是惡夢。

「妳怎麼可以一整晚不睡，不停敲我的相片？」軍澤敞開辦公室的窗戶，直視陽光使他頭痛加劇。

「詛咒不覺得累，要是我不這樣做的話，你一定會強暴我。」律子整個人容光煥發。

「嗯…… 給我睡一覺好的，我一定強暴妳。」軍澤拾起地上的相片，他的樣子被高跟鞋敲打數萬次而整個穿掉。

「哈哈哈，到時候你就死了。」

「放屁，我是連死神也騙得過的男人。」軍澤沒好氣，沖了杯咖啡。

「對了，從這裡跳下去會死嗎？意識世界裡可以自殺嗎？」律子一手將咖啡搶過來。

「我怎麼知道，但我勸妳還是不要這樣做。要是醒過來回到現實世界，可是比死更難受。」

「是嗎？」律子躍躍欲試。

「我寧可在這裡待到死算了。」

活著，有時需要很大勇氣。

逃離死亡，比起逃避活著，更加輕鬆。

軍澤明知這裡不是現實，明知道是條賊船，卻死命抓住這條
救生索。因為活著好煩，要是世界末日每個人都要死，那就死吧。

可是律子對死亡倒有不同的想法，她憎恨全世界，如果上天
死也不肯讓她遇上一件好事，那她就要全世界與她一起陪葬。對
於下次遊戲何時來臨，她倒是沒所謂呢。

—————————— 安 娜 ——————————

「阿魯。」

安娜睡了個好覺，即使滿屋都是濃郁的腥臭味。

然而，她只擔心她的阿魯去哪裡去了。

新世界、領導者、現實、虛假的意識世界…… 安娜全都沒有概念，她只渴望，有人可以給她溫暖。

各人都有活著的理由，對待死亡有不同的想法。未來會變成怎樣，仍是未知之數。

只知道…… 遊戲仍會繼續。

THE SECRET 秘密

「噠啦啦噠～　噠啦啦啦噠～　妳口水流出來了…」

「咦？！」女生醒來，雙手摸索著貨倉冷冰冰的地板，然後抬頭一看。

一個穿著黑色燕尾服，頸上頂著大鐘的怪人，正蹲在面前緊緊盯著自己。

「啊啊啊啊啊啊啊啊啊啊！」女生放盡喉嚨尖叫，挑戰世界最高分貝記錄。

「發生什麼事…？」「殺人啊？」

「這裡是…」「呵欠…誰在吵啊？」

這一叫，貨倉內所有人都醒了。

「真好，我只是個普通的鐘，沒有響鬧功能，所以拜託妳了。」大鐘怪人站起來，臉上的秒針高興地彈跳。

「你、你是…？」女生坐在地上後退了幾步。

「我叫 Mr.GM，是你們的遊戲主持人。」自稱是 Mr.GM 的人仰頸整理畢直的燕尾服。

「別鬧了！快放我走，不然要你死無全屍！我『浩少』你不懂啊？！」突然一個全頭染成金髮的火爆少年揪起 Mr.GM 的衣領。

「哎喲～ 這位玩家也太心急了，我還沒說明遊戲呢。」Mr.GM 不慌不忙地，手上不知何時多了一柄左輪手槍，就在火爆少年怒吼時，將槍管清脆地塞進他的嘴巴裡。

「嗚…嗚嗚嗚…」浩少將 Mr.GM 緩緩放下並舉起雙手。

「真是的，衣服都給你弄皺了，我花了好長時間才燙好的說。」Mr.GM 抱怨著。

縱使所有人都滿腦子疑問，但看見眼前的狀況還是乖乖靜下來了。貨倉周遭非常昏暗，只有幾盞射燈照明，四周有著看似迷宮般縱橫交錯的鐵板擋住視線，令人無法看清貨倉的全貌。抬頭一看，貨倉的天花很高，看起來有相當的面積。

四周除了彌漫著鐵獨有的銹味之外，聽不見外面任何聲響，仿似完全與外界隔絕，自然也無法猜忖貨倉的所在位置。

「聽到嗎？看來入侵成功了，這裡就是『交合點』。」一個坐在地上、一直默默觀察著四周的男人，以其他人聽不到的聲線說。

「柏賢先生，你的脈搏和心跳變得很慢，腦波微弱，整個身體就像沉睡了般，但沒生命危險，我們這邊會一直留意著，請放心。」

被稱呼作柏賢的頭骨上裝置了微型裝置，能透過震動頭骨、直接將聲音傳到腦袋，所以不需擔心任何人會偷聽得到。

「了解。影像有傳送嗎？」柏賢將視線停留在那個正將浩少踩在地上、像惡霸欺負小孩子般的 Mr.GM。

「沒有，只拍到一個男性無故趴在地上慘叫。」柏賢所說的拍攝，是一個像隱形眼鏡般、配戴在眼球上的攝錄機。

「聲音呢？」

「也沒有。」

「呼… 沒關係，將我傳送過來的照片交給系統『Ishtar』分析就行。」男人不經意地掃視貨倉裡每一個角落，每眨一下眼睛，眼球上的攝錄機就能拍下一張照片傳送回去。

「好了～ 就讓我先解釋一下遊戲的玩法吧。」Mr.GM 似乎戲弄得心滿意足了，才站起來跟其他人慢慢地說。

「遊戲？什麼意思？」

「意思就是，遊戲輸了，你們就要死嚕，贏了才能活哦～」

「這、這裡是地獄嗎，我明明是打算自殺，怎麼會出現在這種地方…」剛才尖叫的女生眼神空洞，低頭摸著沒有傷痕的手腕。

「自殺？！」Mr.GM 發出不悅的咋舌，低聲嘟囔：「哎呀，一定是最近太忙，沒留意清楚⋯ 算了算了，反正是替補的，有沒這種廢物也沒關係。」Mr.GM 歪著頭轉身走去。

「嗚～ 心情有點低落⋯ 遊戲還是得繼續下去。呼⋯ 這次的遊戲叫『歡樂小丑射汽球』。就在大家當睡寶寶的時候，我早就貼心地幫大家換上一套我親手自製的小丑衣服，這可是我花了很長時間一針、一針地縫的喔，大家得好好珍惜咧，別想隨便脫下來，一脫下腦袋就會炸飛咧，嘿！待會遊戲開始，大家都會分配到三個汽球，我就不管你是拿著、咬著、抱著還是綁在頸子上⋯ 噗嘻嘻，被汽球吊起來自殺死掉了⋯ 哈哈，這真好笑！」

「⋯⋯」眾人無言地看著 Mr.GM 自己在不知笑什麼個勁。

「總言之，汽球一定要跟著自己身上。這三個汽球就代表著閣下的性命，若所有汽球都弄丟就算輸囉，輸了嘛，就得死，超簡單的？希望大家好好加油嚕。」

就在 Mr.GM 自顧自笑個不停時，柏賢已將附近所有玩家的照片都傳送到系統裡。

「照片都收到了？」柏賢低聲地說。

「只收到七張照片，但不計你在內，磁場能量探測到卻有八個人。」

「知道了，我看著辦。」

Mr.GM 笑夠了，才繼續說明：「好玩的部分來了！等遊戲開始，就有獵人跑出來射各位的寶貝汽球，大家記得要在迷宮裡拚命的跑哦。如果所有玩家的汽球都射破了，就算大家一起輸吧；相反，如果獵人無法繼續，餘下的玩家就算勝出，很好玩吧？」

「勝出的玩家可以得到黑卡一張，用途嘛… 等你贏了才說吧。好喇好喇，大家別懶惰地坐著喇，我已經靜靜告訴了獵人這裡有好吃的獵物了，躲貓貓是沒用的囉！」

「滴答、滴答…遊戲開始！」

一聲令下，所有人都慌張地連跑帶滾地逃離這房間，Mr.GM 不知何時已站在門外，手上拿著一堆汽球，可是柏賢仍然留在原地，打算待至最後才離開房間。

獵人既然知道這裡，貿然出去也會有遇上獵人的危險；若獵人一早在外面埋伏，還是待在這裡，看清局勢比較安全。

「剛才探測到的第八個，應該是獵人。雖然遊戲沒說明，但他應該也是玩家之一吧。居然是跟其他玩家的遊戲規則不同，可真有趣…」

「遊戲？是什麼意思？」

「意識被傳送到『交合點』後就得進行遊戲；輸了的話，意識會被殺死，勝出後就會得到重要的線索。」柏賢向聽不到 Mr.GM 講解的另一端說明。

「我們只能分析其他玩家的資料，沒問題嗎？」

「不用。我自己就能贏，Ishtar 正常運作吧？」

「有⋯ 可是真的沒問題嗎？萬一有什麼意外⋯」

「忘了嗎？我是被挑選出來的『稀人』！怎可能輸給普通人。」

「話是這樣說⋯」

「閉嘴。立刻替我直接連結 Ishtar⋯」柏賢說到一半，卻被遠處傳來的聒噪聲打斷了。

「砰砰砰砰砰砰砰砰砰砰砰砰⋯」密集的槍聲從別處傳出。

「啊啊啊！殺人啊！快逃！」隨之而來，是其他玩家驚恐的尖叫聲，此起彼落。

不用花時間分析，誰也知道這不是普通的射汽氣遊戲，因為射汽球的⋯ 是一把真槍。

　　難道，這個遊戲只是單方面的屠宰嗎？

　　不可能！獵人也是其中一位玩家，他一定會有自己專屬的勝負條件。循這方向想，獵人的任務就是將其餘所有玩家的汽球射破，他所用的是真槍，從剛才的尖叫聲聽來，至少有一位玩家被槍斃了。遊戲在繼續，就表示獵人不會因為射殺其他玩家而令任務失敗…

　　莫非，小丑服和汽球，全都是騙局？！

　　「這位玩家…」一下分神，柏賢沒注意到所有玩家已經離開，房間裡只剩下自己… 和站在自己面前的 Mr.GM。

　　「你怎麼沒有穿著小丑衣服？」

　　「我醒來就沒有換衣服…」柏賢急忙裝傻。

　　「唔… 我明明只挑選了七個人來做小丑囉？」Mr.GM 用手托著頭思忖著。

　　「我怎麼知道？！不然現在就放我走吧！我想回家看老婆。」

　　「對、對！一定是我太忙所以搞錯人數！唔… 你就隨便當是個額外的小丑吧，我馬上給你準備衣服。」Mr.GM 忽然轉過身。

「你不是說要一針一針…」

才過兩秒，Mr.GM 就轉回來，手上不知何時多了一套小丑服和三個汽球，說：「趕快換上，獵人快來嚕，嘰嘰嘰～」

「我也要趕快逃囉，不然禮服被射破就麻煩，嘰嘰嘰～」話沒說完，Mr.GM 便躡手躡腳離開房間。

確認 Mr.GM 已離開，柏賢鬆一口氣，眼睛先仔細掃描整件衣服，確保將畫面傳送到總部去。換上衣服後，將汽球綁在腳上，跑動時汽球便會隨著移動而劇烈搖晃，難以瞄準。

從剛才的對話中，從設計者 Mr.GM 對於遊戲的固執程度，柏賢已篤定這不是個簡單的殺人遊戲。小丑與獵人的設定看似極不平衡，但雙方的勝出條件一定是均等的。就算獵人擁有武器、又能隨意殺人，但槍械一定有使用限制，從遊戲開始到現在，只聽到一次的槍聲就能證明。

柏賢步出房間，向著剛才傳出槍聲的方向走，雖然四周都佇立著縱橫交錯的鐵板，但實際上很多房間都是互通的，根本不能稱得上是迷宮。

「砰砰砰砰砰砰砰砰砰砰砰！」第二輪的槍聲從另一處響起，這次有點接近，聲音撞向鐵板的迴響把柏賢雙耳震得嗡嗡作響。

　　幸運地，順利找到第一個玩家死亡的走廊，柏賢慢慢走近，蹲在已經氣絕的屍體面前端詳一番。衣服上密集的彈孔仍在冒煙，在屍體的前方不遠處遍佈著彈殼，柏賢拾起一個彈殼定睛細看。

　　有這個必要嗎？

　　即使難以瞄準汽球，將玩家殺死加上射破三個汽球，也不需要這麼多發子彈。

　　槍械估計射程範圍只有十米，屍體的旁邊的鐵板滿佈彈孔，證明槍械難以瞄準，並能在短時間大量發射。

　　「Ishtar，分析彈殼。」

　　不夠兩秒，頭蓋骨的微型傳聲器傳來震盪：「分析結果：烏茲衝鋒槍（Uzi Gubmachine Gun），以色列軍事工作所生產。設計輕巧，操作簡易，製作成本低，受廣泛使用。特點為短時間內高速連射，每秒達二十八發，適合室內或狹窄空間作為近戰武器；缺點為難以瞄準，彈匣的子彈耗光只需兩秒鐘，不適合作精密射擊，故只能當副武器使用。」

　　「對！這就是獵人的限制條件，但… 仍不足以跟小丑一方打成均勢。從遊戲開始到現在，開槍才兩次，就算要省子彈也未免太誇張吧。這裡是第一次開槍的現場，槍殺第一個玩家就已耗光彈匣內所有子彈，但獵人仍能作第二次射擊，證明彈匣不止一個。那他為什麼要為省子彈而煩惱呢？」

那就證明，獵人方的限制條件，不止是彈匣供應。

柏賢將屍體反過來，屍體的小丑服正面被撕破了一個大洞，染了血的綿花從洞口裡飄散開來。

獵人為什麼要做這種無謂的事呢？

靜下來。想想獵人做出這個舉動的原因。

他上下摸索自己的小丑服，不論四肢或胸口都脹鼓鼓地塞滿了綿花，穿著後在窄狹的走廊移動加倍困難，動作還異常滑稽。自從 Mr.GM 離開房間後，就在遠處不斷傳出他高亢的笑聲。

這一切是單純為了搞笑才弄出來的？！沒可能！

忽然，柏賢在側腹位置，摸索到一個硬硬、長條形狀的物件，假設這是獵人需要從玩家身上搜索的物品，就只一種可能性！

彈匣！

這樣的話，獵人的限制條件又多一項！但是，仍未足以與手無寸鐵的小丑拉成平衡之勢，還剩最後一個謎題沒解開…

在這個面積不大的貨倉裡，第一次開槍與第二次開槍的間隔，兩者實在相差太遠了。但在兩次開槍之間，驚恐的尖叫聲卻此起

彼落，若不是遇到獵人，是甚麼原因讓小丑們大叫、暴露自己的
位置？

這是關鍵。

忽然，細碎的腳步聲，在後面！柏賢瞬即躍到一旁，未幾一
位女生從彎角跌跌撞撞般鑽出來：「你還在這裡幹嗎？還不趕快逃
走？獵人就在後面！」顯然她被正蹲在地上檢查屍體的柏賢嚇了
一跳。

「妳遇到獵人嗎？」柏賢皺眉，把她攔下來。

「就剛才⋯還好來得及逃⋯」女生氣喘噓噓，不時望向後面。

不合理！穿著這種衣服，即使衝鋒槍射程有限，也不可能逃
得掉。

必須驗證一下⋯

「Ishtar，這女性在『新世界名單』內嗎？」柏賢低語。

「喂！你不逃的話，別擋著路！獵人快來了！」女生著急得快
要哭出來。

「分析結果：所有玩家都不在名單內，獵人因資料不足，無法
分析。」系統回應。

「很好。」柏賢走向女生。

「喂、喂！你要幹嗎？」

「請妳幫忙做個實驗！」柏賢一手抓住女生的手腕用力一扭，將她牢牢架在前頭。

「啊啊啊啊！救命！快放開我！獵人快來了…嗚嗚…」女生嚇得放聲尖叫，雙腳軟頹。

「別怕！如果我沒估計錯誤，妳是不會死的。」

「估計…？若果你估錯呢？」

「那就去死吧。」柏賢才把女生推出去，果然立即遇上獵人。

獵人只有一身普通的裝扮，手上拿著的，的確是烏茲衝鋒槍。這就證明，獵人的不利條件全都出自槍械上。

「嗚嗚，求求你！求求你… 放過我吧…」女生看著獵人，哭得死去活來，將內心一切恐懼情緒都爆發出來。

「…」柏賢從女生身後跟獵人對峙，獵人顯然對女生沒興趣，反而在意躲在背後的柏賢，不時探頭張望。

「相信我，我不是你要找的人，如果我沒猜錯，你的子彈耗光就輸了吧？！」

「我有足夠子彈… 將你們兩人殺掉…」獵人吞吞吐吐地開口。

「不可能，遊戲規則沒讓你隨便開槍。再者，按下板機後兩秒，子彈就會射光，我有信心撐過這兩秒，你輸定了。」柏賢篤定地說，一邊向獵人步步進逼，賭一局！

籌碼，是一條命。

他想，即便是賭輸了，扔下女生逃跑便行，反正她不是『新世界』的人…

「逃吧，這是你的最後機會。以我們這身裝束，是追不上你的，可是等下遇到其他玩家的話，他們就會起疑了。」

獵人猶豫，槍一直指向兩人，卻不敢扣下板機。

「嘖。」獵人嘖了一聲，竟轉身逃跑。

柏賢賭贏了。

「呃… 啊… 你這個瘋子！若果你猜錯了，怎麼辦…？」柏賢鬆開手，女生便脫力頹坐地上，一時之間無法站起。

「那妳就去死。」柏賢實話實說。

「難道你不是人嗎？！你比那個獵人還更冷血呀！」女生指向柏賢咒罵。

「人？妳沒聽過…『稀人』嗎？」柏賢總覺得「人」這個詞有點跟自己格格不入，他跟眼前這個女生是不同級別的生命，只是自己沒有被公開命名而已。

試管稀人，意思指在試管中培育出來的稀有人種，是一種不能向世界公開的技術，甚至可以說是違反大自然定律而衍生出來。利用現今最頂尖的科技，將試管灌滿營養液，模擬成一個孕育嬰兒的卵巢，將一粒受精卵注入試管內，然後用各種醫學儀器觀察著嬰兒的成長。

同樣的試管總共有一百個，務求要選出最優秀的遺傳基因。

這實驗一直因為人道問題而被外界否決，並將之判定為違法的實驗。

不准做，不代表沒有人肯做，第一個願意投放龐大資金完成這項實驗的，是世界首富榜上有名的集團總裁。對他來說，他擁有一輩子也花不完的財產，唯一問題是，他想要一個像他一樣優秀的人來承繼它。於是，他暗中實行了這個瘋狂的實驗。

　　首先，承繼人必須是男丁，於是只有四十七個試管內的生命能活存下來。

　　其次，承繼人發育健全是基本要求，還必需體格壯健，就連外表也完美無瑕。於是，科學家利用儀器模擬出每個試管裡嬰兒長大後的樣貌。

　　最終，只有九名符合資格的嬰兒能夠降臨這個世界，科家家將長大成形的嬰兒從試管裡拿出來。

　　可是，承繼人的考驗仍未完結。嬰兒出生後，從沒看過父親一眼，就將他們交由專家照顧，一路記錄他們的成長，每隔指定時間便得進行體能和智慧評估。

　　直到九歲，大腦初步發展成形，在最後測驗中，編號 014 的嬰兒獲得最高分數。那時候，他才第一次步出房間，以承繼人的身分與父親見面。

　　父親替他起名叫曹柏賢。

　　實驗相當成功，柏賢以優異的成績，十三歲便完成一般人的所有學業課程，運動也出類拔萃，破了不少同年齡的世界記錄。

　　他的父親相當滿意由這種人來承繼自己，並以手擁有這個兒子為榮。但是，他從來沒有預料到，柏賢實在太優秀了。

優秀到柏賢不甘承認他的父親，不甘受人擺佈，所以他亦在暗地裡進行他的計劃。

　　十六歲生日當天，柏賢的父親因「意外」去世，同日柏賢正式接管父親的所有產業，旗下董事會一致無人反對，省下了很多古老劇集的無謂劇情。

　　過份的鋒芒畢露，二十一歲的柏賢，便被邀請加入這個秘密組織，實行一個全球性的計劃，改變這個世界…？這天真的組織有趣！

　　「瘋子！」不明所意的女生一臉嫌惡地離開。

　　「祝妳好運。」柏賢目送那女生奔跑遠去。

　　其後，柏賢又找到另一具屍體，同樣滿佈彈孔，獵人也曾沿著彈孔將衣服撕破了，掏出彈匣之後離開。

　　「Ishtar，將我剛才傳送過去所有玩家的照片分析一次，他們穿著的小丑服有什麼分別。」

　　「分析結果：鈕扣顏色分別是紅、橙、黃、綠、青、藍、紫。首兩名死者的鈕扣分別是紅和橙。」

　　原來如此，居然是這種小孩子的把戲。

　　柏賢低頭一看，他的鈕扣是黑色的，依光譜來排列的話，黑色應該被設定成最後一個。

　　「柏賢先生，剛才發生什麼事？鏡頭看得太不清楚，聽那女生說⋯你脅持她？！」突然，組織裡有人發出疑問。

　　「沒事⋯」

　　「一個人果然太勉強了吧？！雖說這裡的玩家都不在新世界名單內，但脅持其他玩家⋯ 讓上頭看見的話印象不太好。」

　　「剛才我只是太急於將那女生救走才出現誤會，我下次會留意了。」

　　「嘿⋯ 是嗎⋯」

　　嘖。真麻煩，既要勝出遊戲、獲取重要情報，就連一舉一動也都被組織的人監視著。組織裡每一個都是舊世界的精英，看似目標一致，卻各懷鬼胎，每分每秒上演著爭權奪位的戲碼。一不小心就會被人當成踏腳石爬上去，要站穩陣腳就不能出任何差錯。

　　加入組織後，柏賢花了大量資源，建立了整套人工智能系統 — Ishtar，無條件供組織使用，使他的地位一下子飆升了好幾級，卻也樹敵不少。若脅持人質這事被發現，必定又會被大造文章。

好險，差點就壞大事了。

我的路，我自己決定。達到目的以前，不能旁生枝節。

要完美實行計劃，就得保持良好印象，就像在父親那集團的股東眼中，我只是個聽教聽話的乖乖仔一樣。

綜合所得情報，獵人的遊戲勝出條件：
1. 利用彈匣內的子彈，依顏色次序射破汽球或殺死玩家。
2. 從玩家身上取得新彈匣。
3. 重覆步驟，直至射破所有汽球或殺死所有玩家。

小丑的勝出條件：
1. 保住汽球。
2. 令獵人不能再繼續射擊。

「Ishtar，計算最高獲勝機率的進行方式。」柏賢道出指令。

「計算結果：在獵人殺害下一個順序的玩家前，預先取出彈匣，再讓獵人射殺該玩家並用光子彈，令獵人無法繼續遊戲。」

「厲害！避免正面交鋒便可勝出… Ishtar 連這種事都能瞬間運算結果？」組織那邊傳出讚嘆。

「Ishtar 的起始設定，本來就是以『低成本，高效益』為最優先考慮。」柏賢頓了一下，卻說：「但我不能接受。」

「這樣子還不能接受！？」

「剛才已有兩名玩家死亡，我不能再接受有其他人為這遊戲喪失生命！」

「話是這樣說… 但柏賢先生，你的思想未免太過天真了…」

「建造一個沒有戰爭、沒有疾病的完美世界，不就是組織成立的目的嗎？」柏賢慷慨陳詞。

「柏賢先生，凡事也該量力而為…」

「啊啊啊啊啊啊啊！」突然，走廊的另一邊傳出幾個玩家混雜的尖叫聲。

「！」柏賢像閃電般，朝聲音的方向飛奔過去。

拐了幾個彎，穿過幾條走廊，最終在一個房間中發現了獵人，還有不知何時聚集在一起的玩家…

天啊！這群人是白痴還是智障？為了一點安全感而靠攏一起，現在就只有等死。

正合柏賢的意思！

「柏賢先生，小心！」組織內部的人看到影像，發出毫無助益的提醒。

「停手啊啊啊啊啊啊！」獵人將所有玩家逼到房間的角落，而他就站在門口附近舉槍守住，剛好背著剛走進房間的柏賢。

趁著獵人未及反應，柏賢一邊大喊，然後猛力以肩頭撞向獵人！

兩人互撞，糾纏起來。猛烈的碰撞，也使柏賢戴在眼球上的液晶體隱形眼鏡，鬆脫並掉在地上。

「柏賢先生！」在另一頭的組織人員，一定是看到畫面突然天旋地轉而大叫吧？

「啪。」乘著混亂，柏賢一腳便把隱形眼鏡踩碎。

畫面中斷…

獵人慌亂間想舉槍指嚇，卻被擁有超人般體格的柏賢一手抓住拿槍的手腕，使勁往外一扭，利落地將獵人整條手臂，往詭異的角度反扳過去。

完全反應不及的獵人吃痛，整個人被壓制在地上，拿槍的手臂被扳到背後牢牢鉗制住，手指頭連扣扳機這麼簡單的動作都辦不了。

「喀喇。」柏賢稍稍施力，一聲悶響，手臂應聲脫臼，痛得獵人在地上呱呱大叫。

柏賢仍緊緊抓住以詭異角度屈曲的手臂，似乎不打算放手。

「得救…了？」看著眼前在幾秒間發生的一切，所有玩家都驚魂未定，但卻鬆了一口氣。

「趕快逃！我快壓制不住他了！快！」柏賢忽然緊張地大喊。

甚麼？快壓制不住？！不論從哪個角度看，獵人都已經毫無還擊之力吧…

「逃啊！」縱然所有人都聽得見，但眼前的畫面也未免太沒迫切的氣氛了。

「柏賢先生！保住自己的性命要緊！遊戲的事往後再說，我們立即將你傳送回來吧！」組織只能以柏賢的叫聲，推斷遊戲發生了甚麼事態。

「不用！我要救活所有人！」柏賢仍在自導自演。

驀地，柏賢將手指扣在板機上，轉動獵人的手臂來指向角落的玩家。

「喂、喂…！？」玩家們開始意識到不對勁。

「噓！」柏賢舉起另一隻手，將食指放在嘴前，示意所有人安靜。

笨蛋！別拆穿我的戲碼！

「砰砰砰砰砰砰砰砰砰砰砰砰砰砰砰砰砰砰砰砰砰砰砰！砰砰砰！」密集槍聲在房間中響起，擋在最面前的玩家紛紛中槍倒下。

剩下來的想逃，但唯一的門又被柏賢跟獵人堵住了，只能像被困在死胡同的小動物一樣亂竄，往最遠的牆壁擠。

「不、不要啊！」柏賢口裡喊不要，同時撕破自己的小丑服，拿出黑色彈匣，替衝鋒槍填充子彈。

「砰砰砰砰砰砰砰砰砰砰砰砰砰砰砰！」第二輪射擊，房間內的玩家悉數倒下，幾個無關痛養的汽球，仍然綁在屍體的手上飄浮著，有的繩子被射斷了的，徐徐飄到貨倉頂去。

此刻，柏賢終於壓抑不住，整個表情扭曲地來，不住抽搐。

「一群蠢材，誰要跟那群不純物種一起『倖存』？簡直是人生的最大恥辱。」柏賢暗想，他根本就沒想過要讓那群玩家跟他站在同一個高度的平線上！

救助人類？建造烏托邦？可笑！自出生以來，唯一能使他感興趣的，就只有權力，接管父親的集團後，他彷彿失去了唯一的人生目標。終於，他有了新的生存動力了！

　　柏賢滿意地將獵人的手甩開，獵人則痛苦地摀住自己脫開的手臂關節，完全喪失戰鬥能力。

　　「由於獵人你沒有依照次序射擊，不乖不乖不乖！這次遊戲，小丑方勝出！」Mr.GM 不知從哪裡作出廣播。

　　「柏賢！柏賢先生！沒事吧？」儀器顯然接收不到 Mr.GM 的聲音。

　　「我沒事⋯ 獵人終於被我制服了，遊戲贏了⋯ 可是⋯其他人都⋯」柏賢使勁地忍著不發笑，將聲音壓得很低很低，故作凝重。

　　「沒事就好，別太怪責自己⋯ 你已經做得很好了。」

　　柏賢沒回應，因為他看見了 Mr.GM 從外面步入房間。Mr.GM 看見房間內的狀況，逕自地在拍掌。

　　「可真精彩絕倫呢，奇怪奇怪奇怪！你好像在演戲給誰看？」Mr.GM 將仍勾在獵人手上的衝鋒槍拿過來，然後從口袋裡掏出一顆子彈，慢條斯理地填充在彈匣裡。

　　「沒這回事。」

　　「等、等等啊啊啊啊⋯」「砰！」獵人的太陽穴多了一個噴血的彈孔，房間裡靜下來了。

「來，這張黑卡是你的獎勵。你可以使用它來永遠退出遊戲，那以後我們再也不會見面。不過，依我看來，退出遊戲並不是你的本願吧… 所以我想你會好好保管它吧？！」Mr.GM 將黑卡擲給柏賢，幽幽地說。

「進行這種遊戲，到底有什麼目的？」柏賢接過貌似普通的黑卡，手上卻沒有拿著東西的觸感。

「倒不如說說，你進入這個遊戲有什麼目的？」Mr.GM 反問。

沉默不語，柏賢不是不懂得回答，只是在盤算如何在不被組織聽見之下。他要獲得只有他才知道的情報。

「嘿嘿嘿嘿，大家第一次見面，就別太掃興嚕。不管如何，你們正在進行的事，都與我無關，我只是個主持人～ 既然你想知道的話，我就告訴你好了，遊戲的目的是為了篩選與創造。」

篩選？跟組織的目標如出一轍嗎？

「哈哈哈～ 嚇一跳吧？雖說你贏了，卻也只能當替補、或者啦啦隊咧，因為… 嘿嘿嘿～ 我的小小足球隊本來已經夠人了。」

「……」柏賢仍舊不說話。

「一點反應都沒有？太～ 真沒趣嚕。不過… 下次見面時，你會不會是個麻煩的搗事者呢？！嘿嘿嘿～ 真教人期待。」

　　說畢，柏賢只見眼前的景物結構迅速瓦解，通通被一股漩渦捲進去，背景只剩下虛無的黑暗。到最後，就連眼下的肉體都失去應有的輪廓，被漩渦吞逝。

　　光線透過眼皮透進眼球，柏賢睜大眼睛，發現自己正坐在一個熙來嚷往的商場咖啡店內，途人的吵雜聲從四方八面貫進耳裡，一切就像在睡夢驚醒了一樣。

　　「能聽見嗎？」柏賢低語。

　　「可以…」清楚地從耳窩深處響起的聲音，將人群聲分隔開。

　　「似乎… 成功進入意識世界了。」

　　「做得好！依計劃展開調查。雖然現在無法傳送畫面，一切就等你回來再向組織匯報吧。」

　　「了解。」柏賢獰笑，只有能掌握真實的情報，才是最後的大贏家。

　　「對了，還記得嗎？早前衛星發現幾個活人突然出現在現實世界的照片。」

　　「嗯。當時巡邏隊走到那個地方，卻發現那裡根本沒人，只剩下衛星拍下的一張像鬼照片的東西，所以最後才查出有『交合點』這回事。」

「對！照片拍到共五個人… Ishtar，找出這五個人的身分和舊世界的居住地址。」柏賢拿起桌前的一杯咖啡，細嚐一口，咖啡的苦澀味、液體從口腔滑進喉嚨的流動、殘餘在口腔的咖啡餘香… 一切都跟真實得詭異。

「咦？這樣有意思嗎？不是從現實這邊，將他們找出來比較快捷？」

「不，在意識世界裡，他們正在『活生生』地活著，我有事要問問他們。」

「喔…好的。」

「分析結果：五個人的住址如下…」系統將五個不同的地址羅列出來，其中一個跟現在的位置只有 10 分鐘路程。

柏賢一口將眼前的咖啡喝光，站起來：「希望，這次能問到有用的情報吧。」柏賢不經意地說。

「對，這次任務就靠你了。」組織回應。

當然了，這也是柏賢的謊言。剛才，在遊戲中毅然毀掉那礙手礙腳的隱形眼鏡，實在是重要的一步！

未幾，柏賢來到一棟住宅門外。門沒有鎖，他直接走進屋內。

才剛通過走廊，就看到地板上躺著一具中年女人的屍體，抬頭一看，一個女孩若無其事地坐在梳化上看電視。

「Ishtar 提供那最近的住址，沒發現任何人。我再出發往其他地方去。」柏賢撒謊。

從後走近女孩身後，就在那女孩意識到背後有人時，就已經被他用力捏住脖頸。

柏賢臉上的表情再次扭曲。

只要這女孩死掉，大概就能從替補的位置，成為正式玩家吧？

到底是從往後的遊戲中勝出，還是將組織吞掉比較快？！真讓人期待哦！

「嗚…」喉嚨被捏住，女孩連呼喊聲都叫不出來。

「噓！」柏賢笑了笑，食指做出叫女孩靜一點的手勢。

（第一部・完）

時黑漩渦

THE CLOCK

01 時計的失控

作者	／藍橘子
總編輯	／IVAN CHEUNG
特約編輯	／ALEXANDRA LAO
助理編輯	／WINKI POON
文稿校對	／TESSA TUNG
設計	／SOPOCO

銷售策劃	／JOHN LEUNG
市務推廣	／EVELYN TANG
製作	／有種文化 @ SUN EFFORT
出版	／SUN EFFORT LIMITED
地址	／九龍旺角亞皆老街八號朗豪坊辦公室大樓二五一二室
電子郵件信箱	／INFO@SUN-EFFORT.COM
傳真	／三五六八 六○二○
出版日期	／二○一五年三月三十日
ISBN	／978-988-13455-5-4
定價	／港幣 八十八元／新台幣 三百九十元